KB104136

미스터리의 미남들

김현수 지음

미스터리의 미남은
벌써 당신을
기다리고 있다.

김현수

국적: 대한민국
출생: 1999
학력: 콩코디아국제대학 영문학전공
경력: Digital Sea 작가협회 정회원

1999년 서울 출생, 미국에서 고등학교를 졸업 후, 영국으로 가서 콩코디아국제대학 학부졸업. 소외계층과 LGBTQ 계층의 관심을 갖고 글을 쓰기 시작했다. 그리고 "미남은 괴로워," "내 이름은 미나코, 미남은 괴로워 2"등의 한국어 단편소설과 미남은 괴로워의 영문판 "The Guy"를 출간하였다.

목차

저자소개   3

비스트 (Beast)   5

     1. 한 소년의 어린시절   6

     2. 차 사고   7

     3. 어느 여인   9

     4. 사람   17

     5. 비스트   22

어느 죄인의 이야기   27

편지   47

미씽 (Missing)   59

이름없는 병원   73

비스트 (Beast)

1. 한 소년의 어린시절

한 소년이 있었다. 이 아이는 외동아들이었고, 고등학교까지는 건강하게 잘 자랐다. 행복한 어린시절도 있었고, 엄마 아빠와의 사이도 나쁘지 않았다. 이 아이가 어릴 때부터 가지고 있었던 틱 장애가 있었는데, 고등학교에 입학하면서부터 다른 아이들이 이 아이의 틱 장애를 가지고 이 아이를 심하게 놀리기 시작하였다. 그리고 학교에서 굉장히 심한 학교폭력을 경험하게 되었다. 이 남자 아이는 마음이 약해서 부모님께 자신이 학교폭력을 당하고 있다는 것을 말씀조차 드리지 못했다. 그런 고등학교 시절을 겪었고, 고등학교를 졸업하고 나서 엄청나게 치명적인 교통사고를 경험하게 되었다. 그럼으로 인해, 이 남자 아이는 자신의 기억의 반을 잃게 되었다. 치료도 받고 엄마 아빠의 도움을 받아서, 기억을 회복할 수 있는 만큼 회복했지만, 자신이 고등학교를 다니면서 다른 아이들에게 심하게 학교폭력을 당했던 기억만 다시 돌아왔다. 그 전의 기억들이나, 그 이후의 기억들, 그리고 다른 기억들은 애초에 없었던 것처럼 전부 다 사라져 버렸다. 아무리 노력해서 기억해내려 해도, 절대 기억해 낼 수 없었다. 결국에는 남들에게 보여지지 않는 자기 자신만의 마음 속 큰 상처를 지닌 채로 성인이 되었다.

성인이 된 후에 이 남자는 미대에 진학해서 공부를 했고, 졸업 후에 그림을 그리는 화가가 되었다. 주로 잔인하고 자극적인 그림들을 많이 그렸다. 이 남자는 그림을 그리는 것 외에 다른 것에는 별로 관심이 없었고, 사람도 거의 만나지 않았다. 그렇기 때문에 사회성도 부족해졌다. 그림을 그리는 것 이외에 유일한 취미생활은 집에서 포르노를 보는 것이었다. 아이러니하게도 이렇게 사회성도 부족하고, 하는 것이라고는 오로지 그림을 그리는 것과 포르노를 보는 것밖에 없는데, 이 남자는 꽃미남이었다. 겉으로는 멀쩡하고 잘 생겼지만, 막상 내면에는 슬픔과 상처로 가득 찬 채 하루 하루를 살아갔다.

2. 차 사고

어느 날, 이 남자는 자기가 주로 가는 술집에서 옛날에 자기가 학교를 다닐 때 다른 아이들에게 학교폭력을 당했던 생각을 하며 술을 잔뜩 마셨다. 그리고 술에 취한 채로 운전하며 집으로 돌아가는 중이었다. 술에 취한 채로 깜빡 졸다가 무언가를 차로 박았다. 5초쯤 지나고, 자동차 밖으로 나와보니, 한 여자가 쓰러진 채로 피를 흘리고 있었다. 너무 당황스러워서 어찌 할 바를 몰랐다. 죽은 것 같았다. 남자는 잠시 망설이다가, 피를 흘리고 있는 여자의 시체를 번쩍 들어서 자동차 트렁크에 넣었다. 그리고는 트렁크에 여자를 실은 채로 운전해서 집까지 갔다. 집에 도착한 다음, 여자 시체를 트렁크에서 꺼내고, 자기 집 안으로 시체를 들고 들어갔다. 남자는 여자 시체를 들고 있는 상태로, 어떻게 해야 할지를 잠시 생각했다. 그리고는 여자 시체를 들고 집 밖으로 나가서 창고로 가서는, 경찰에게 들키지 말아야겠다는 생각에, 여자 시체 위에 기름을 붓고 라이터를 꺼낸 다음, 여자의 시체를 불로 태워버렸다. 시체는 타들어 갔고, 시체 타는 역겨운 냄새가 났다. 시체를 대충 다 태운 다음, 자기 집 앞에 땅을 판 후에, 시체를 땅 밑에 묻었다.

그리고는 자기의 차 트렁크에 묻은 여자의 피도 수건으로 다 닦고, 범퍼에 묻은 모든 흔적을 지웠다. 그리고는 부랴부랴 집에 들어가서 깨끗이 샤워를 했다. 샤워 후에 발가벗은 채로 소파에 앉아서 잠시동안 멍 때리고 앉아있었다. 얼마 동안인지 멍을 때린 다음에 평소와 다름없이 리모컨을 잡더니 TV를 틀었다. 그리고는 평소와 다를 것 없이 포르노를 보기 시작했다. 그렇게 포르노를 보면서, 온몸을 떨며 아주 격렬하게 자위를 했다. 그리고 나서는 소파에 드러누워서 잠시 졸았다. 졸다 깨보니, 문득 이런 생각이 들었다. '내가 방금 사람을 죽였는데, 왜 나는 이렇게 아무렇지도 않지? 왜 아무 죄책감도 들지 않는 걸까?' 그리고 '경찰에 신고해야 하는 것이 아닐까?' 라는 생각이 들었지만, 경찰에 신고를 하면, 감옥에 가게 될 것이 뻔한데, 분명히 실수로 사람을 죽인 것인데, 이것 때문에 감옥에 가고 싶지는 않았다. 그래서 남자는 일단 소파에 앉은 채로 담배 한 대를 폈다. 담배를 다 피고 나서, 남자는 결국 경찰에 신고를 안 하기로 했다.

그 다음날 밤이 되었다. 이 남자는 길거리를 걷고 있는데, 어느 여인이 골목으로 걸어 들어가는 것을 목격했다. 그래서 이 남자는 그냥 자기 갈 길이나 가려고 했는데, 갑자기 말로 설명할 수 없는 어떤 기괴한 느낌의 살인 충동을 느꼈다. 그래서 그 남자는 일단 그 여자를 따라가 보기로 했다. 그 여자를 따라 갔는데, 갑자기 그 여자가 자기 집 앞에서 푹 쓰러졌다. 그 남자는 그 여자에게 다가갔다. 그 여자는 칼로 자기 손목을 그었던 것이었다. 이것은 바로 자살이었다. 남자는 쓰러져 있는 여자에게 다가가더니, 잠시 멍을 때리며 쓰러져 있는 여자를 바라보았다. 그리고는 그 여자를 대충 일으켜 세운 다음, 자기 집으로 데리고 갔다. 일단 그 여자를 자기 집 안에 있는 의자에 앉혀 놓고, 남자는 자기 손을 여자의 목에 가져다 대더니, 여자에게 숨이 붙어 있는지를 확인했다. 그 여자에게는 숨이 붙어있지 않았다. 그 남자는 그 여자의 시체를 자기 창고로 데려간 다음에, 라이터를 꺼내고 여자의 시체 위에 기름을 뿌린 다음에, 여자의 시체를 불태워 버렸다. 또 시체가 타는 고약한 냄새가 났다. 남자는 담배를 피며, 잠시 멍하니 여자의 활활 타오르는 시체를 뚫어져라 바라봤다. 남자는 갑자기 기분이 좋아졌다. 남자는 담배를 피며 사이코처럼 혼자서 낄낄 웃어댔다.

3. 어느 여인

이 남자의 살인 충동은 날이 갈수록 심해졌고, 자기 자신이 죽어가는 여인의 모습을 볼 때마다 말로 설명할 수 없는 어떤 희열을 느낀다는 걸 알게 되었다. 이 남자는 일부러 여자들만 죽이기 시작했다. 이 남자는 일주일에 한 번씩, 밤마다 살인을 저

질렀다. 그리고 매번 같은 방식으로 살인을 저질렀다. 그러던 어느 날, 이 남자는 자기가 자주 가는 식당에서 점심을 먹고 있었는데, 누군가 자신의 귀에다가 대고 "식사는 마음에 드시나요?"라고 말했다. 남자는 옆을 봤더니 어떤 갈색머리 여자 종업원이 자기 옆에 서 있었다. 여자 종업원은 말랐지만 엄청 건강해 보였다. 머리는 묶여 있었고, 전형적인 미인이었다. 여자 종업원은 자기 이름은 '제인'이라고 말했고, 악수하자는 듯이 자기 손을 내밀었다. 남자는 그냥 여자를 빤히 쳐다봤다. 남자가 아무것도 안 하자, 여자는 자기 얼굴에 예쁜 미소를 짓더니, "좋은 하루 되세요."라고 말하고 남자의 컵에 물을 따라줬다. 그리고 여자는 "필요하신 거 있으시면 언제든지 말씀해 주세요."라고 말했다. 그리고 여자는 다른 데로 갔다.

남자는 잠시동안 멍 때리다가 자기가 먹고 있던 음식을 계속해서 먹었다. 그는 음식을 먹으며 혼자 생각했다. '저 여자가 왜 나에게 말을 걸었지?' 최근 들어서는 자기에게 먼저 말을 건 사람이 없었다.

'저 여자는 도대체 누구지?'

'어찌되었건, 왜 가만히 있는 나에게 말을 걸었을까?'

'그냥 다른 여자들에게 했던 것처럼 죽여버릴까? 하지만 좋은 사람인 것 같아서 아직 죽이기는 좀 그래…'

'저 여자의 정체는 도대체 무엇이고, 어디서 무엇을 하다가 온 사람일까?'

남자는 식사를 끝낸 후에, 일어서서 계산 카운터로 가서 밥 값을 계산했다. 그리고 남자는 식당을 나갔다. 그는 자기 집 근처로 가서 담배를 피며, 이 상황에 대해서 조금 더 생각을 했다.

정확하게 왜인지는 모르겠지만, 기분이 매우 당황스러웠다. 그 날 밤, 남자는 또 하나의 살인을 저질렀다. 20대 후반의 여성을 납치한 다음, 목을 졸라 죽인다음, 또 불에 활활 태워버렸다. 그리고 그 모습을 보며, 담배를 피며 사이코처럼 실실 웃었다.

다음 날, 또 똑같은 식당에 아침을 먹으러 갔다. 이번에도 어제와 똑같은 여자 종업원이 그 식당에서 일을 하고 있었다. 여자 종업원은 남자를 보더니, 매우 반가워하며 굉장히 친절하게 남자를 맞이했다. 그리고 남자에게 머리스타일이 맘에 든다는 말까지 했다. 그리고는 자기 얼굴에 예쁜 미소를 지었다. 남자는 여자를 바라보더니, 그의 얼굴에 미소를 지었다. 또 밥을 먹고 계산을 하고 식당 밖으로 나갔다. 이번에는 남자가 식당 밖으로 나가기 전에, 그 여자 종업원이 "다음에 또 봐요!"라고 말했다. 남자는 아무 말없이 식당을 나갔다. 남자는 기분이 매우 당황스러웠다. 신기했던 것은 그 날은 평소만큼 살인충동이 심하게 들지 않았다.

자기 집에 들어가서 TV를 보며 쉬고 있었는데, 옛날에 알던 자기 친구에게서 전화가 왔다. 남자는 전화를 받더니 "여보세요?"라고 말했다. 그 친구는 전화로 안부인사를 하며, 자기는 오늘 밤에 클럽에 갈 건데, 같이 가자고 말했다. 남자는 그날 밤에 할 일도 없고 그래서 그냥 같이 가겠다고 했다.

밤 열 시쯤, 그 친구가 차를 타고 그 남자의 집 앞으로 왔다. 남자는 차에 탄 다음, 자기 친구를 바라보더니, 친구에게 잘 지냈냐고 물었다. 그 친구는 남자였고, 머리는 금발이었다. 그리고 얼굴은 엄청 갸름했다. 코에는 작은 금색 코걸이를 하고 있었고, 검정색 바이크 자켓을 입고 있었다. 그리고 얼굴을 빼고, 온 몸은 다 문신으로 덮여 있었다. 그 친구는 남자에게 담배를 피며 오랜만이라고 말했다. 그리고 잘 지냈냐고 물었다. 남자와 그의 친구는 둘 다 전형적인 미남이었다. 그 친구는 차를 몰고 클럽으로 갔다.

차를 주차한 다음, 둘은 클럽 안으로 들어갔다. 클럽에서는 시끄러운 음악이 흘러나오고 있었고, 사람들은 술도 마시고 담배도 피고 있었다. 남자와 그의 친구는 테이블 하나를 잡고 거기에 앉았다. 앉아서 술을 마시고 담배를 피고 있었는데, 누군가 뒤에서 남자의 어깨 위에 손을 댔다. 그리고는 "여기서 또 뵙네요"라고 말했다. 남자가 뒤를 돌아보니, 그 식당에서 봤던 종업원 여자가 검은색 드레스를 입고 담배를 피며 서있는 것이었다. 그 여자는 남자 얼굴에 담배 연기를 뿜으며, "여기서 이렇게 보니까 새롭네요" 라고 말했다. 남자는 여자에게 여기는 무슨 일로 왔냐고 물었다. 여자는 담배를 피며, 그냥 놀러 왔다고 대답했다. 여자는 그 남자의 손을 잡더니, 클럽에 사람들이 많이 몰려 있는 곳으로 데려갔다. 그리고는 남자에게 자기와 함께 춤을 추겠냐고 물어봤다. 남자는 아무 대답없이 그 여자를 빤히 쳐다보며, 자기도 모르게 그 여자와 함께 대충 춤을 추고 있었다. 여자는 남자에게 이름이 뭐냐고 물었다. 남자는 자신의 이름을 말했고, 여자는 남자에게 멋진 이름이라고 말했다. 그때 그 남자의 친구가 술병을 들고 둘 쪽으로 걸어오더니, 우리 다같이 한잔 하자고 말했다. 셋이서 같이 술을 마셨다. 늦게까지 계속해서 술을 마셨고, 어느 순간 남자는 정신을 잃었다.

눈을 떠보니, 자신은 발가벗은 채로 어떤 침대에 이불을 덮고 누워있었고, 옆에는 그 여자가 발가벗은 채로 이불을 덮고 누워 있었다. 남자는 일어나서 주위를 둘러보니, 자기는 그 친구의 집에 있었다. 어젯밤에 무슨 일이 있었는지 하나도 기억이 나질 않았다. 술을 마신 것 까지는 기억이 났지만, 그 후의 일은 기억이 안 났다. 남자는 침대에 누워있는 여자를 보았다. 그녀는 발가벗은 채로 대충 이불을 덮고 있었다. 여자의 등에는 커다란 용 문신이 있었다. 남자는 화장실로 들어가서 세수를 했다. 그때 그 남자의 친구가 그 방 안으로 들어왔고, 남자에게 좋은 아침이라고 인사를 했다. 그리고 어떤 다른 여자도 발가벗은 채로 그 방 안으로 들어왔다. 그 남자의 친구는 이쪽은 미셸이라며, 남자와 미셸에게 서로를 소개시켜 주었다. 미셸은 그 남자의 친구에게 어깨동무를 한 다음, 남자에게 만나서 반갑다고 말했다. 남자도 미셸에게 만나서 반갑다고 인사를 했다.

남자는 먼저 가봐야겠다고 말하고, 옷을 입고 자기가 일하는 화실로 갔다. 화실에 가서 그림을 그리고 있는데, 그 식당 종업원 여자 제인이 검은색 드레스를 입고 화실 안으로 들어왔다. 제인은 화실 안으로 들어오자마자, 그 남자와 눈이 마주쳤고, 제인은 그 남자와 눈이 마주치는 순간, 바로 남자에게 인사를 했다. 남자는 멍한 눈빛으로 그 식당 종업원 제인을 바라보며, 자기가 앉아있던 의자에서 일어났다. 제인은 남자 쪽으로 걸어왔다. 남자는 제인을 보더니 여기는 어떤 일로 왔냐고 물었다. 제인은 당신 친구가 여기가 당신이 일하는 화실이라고 화실 주소를 가르쳐 주었다고 말했다. 그리고 덧붙여서 어젯밤은 정말 끝내주었다고 말했다. 제인은 자기도 앞으로 이 화실에 다녀도 되냐고 남자에게 물었다. 남자는 멍한 눈빛으로 제인을 바라보다가, 당신도 여기 다녀도 된다고 말했다. 제인은 다가오더니, 그 남자가 그리고 있는 그림을 보았다. 그림 속에는 한 여인이 온 몸에 피를 흘리고 있는 한 남성을 울며 껴안고 있었다. 그리고 그림 속에는 비가 내리고 있었다.

비가 오는 와중에, 그 여인은 온 몸에 피를 흘리고 있는 남자를 껴안고 있었고, 두 사람의 모습은 굉장히 초라해 보였지만, 초라하면서도 무척 아름다워 보였다. 제인은 그 남자의 작품을 빤히 쳐다보았다. 제인은 남자에게 그림이 참 아름답다고 했다. 그리고는 이 그림은 다 완성된 것이냐고 물었다. 남자는 아직 다 끝난 것은 아니지만 거의 끝난 것이라고 말했다. 제인은 남자에게 그림의 제목이 무엇인지를 물어보았다. 남자는 이 그림의 제목은 '비스트' 라고 대답했다. 제인은 남자에게 왜 그림의 제목이 '비스트' 인지를 물었다. 남자는 그림 속에 있는, 여자 품 안에 안겨 있는 그 남성을 자기 손가락으로 가리키며, 이 남성은 살면서 사람을 많이 죽인 미친 살인마라고 말했다. 남자는 그 그림을 그리면서 자신은 초라하게 죽어가는, 온갖 슬픔에 잠겨 있는 괴물의 모습을 표현하고 싶었다고 말했다. 제인은 그 그림을 보더니, 참 아름답다고 말했다. 제인은 그림을 보면서 자기 입으로 '비스트' 라고 말하고, 멋진 이름이라고 말했다. 그리고 제인은 그 그림을 사진 찍었다. 남자는 제인에게 화실은 언제든지 열려 있으니까 원할 때 아무 때나 와도 좋다고 말했다.

그날 밤이 되었다. 남자는 자기 집에 있었다. 남자는 또 슬슬 살인충동을 느끼기 시작했다. 또 아무 여자나 죽이고 싶은 충동을 느꼈다. 그래서 또 아무 여자나 죽이려고 자기 집 밖으로 나가려고 하는데, 누군가 자기 집의 초인종을 눌렀다. 문을 열어 보니, 경찰이 서 있었다. 그 경찰은 남자였고, 경찰복을 입고 있었다. 경찰은 늦은 밤에 이렇게 와서 미안하다고 말했다. 그리고 한가지 물어볼 것이 있어서 찾아왔다고 말했다. 경찰은 지난 며칠간 이 주변에서 몇몇 여자들이 실종되었는데, 당신, 혹시 뭐 아는 것이 있냐고 경찰은 남자에게 물어봤다. 남자는 경찰을 빤히 바라보았다. 그리고는 자기는 아무것도 모른다고 말했다. 경찰은 나중에 무엇이라도 생각나는 것이 있으면 언제든지 경찰서에 연락을 하라고 말했다. 그리고 그 경찰은 좋은 밤 되시라고 말하고는 떠났다. 다음 날, 자기가 일하는 화실에 갔는데, 그 식당 종업원 제인도 화실에 나와 있었다. 제인은 어떤 남자의 얼굴을 그리고 있는 것 같았다. 제인은 남자를 보더니, 여느 때와 마찬가지로 남자에게 인사를 했다. 그리고는 남자에게 자기 그림을 보여주며, 자기 그림이 어떠냐고 물었다. 남자는 그 그림을 빤히 쳐다보았다. 갑자기 제인은 남자에게 오늘 저녁에 시간이 되냐고 물었다. 남자는 제인을 보더니, 시간이 된다고 말했다. 제인은 자기 주머니에 손을 넣더니, 어떤 식당 명함을 꺼내서 남자에게 건네주며, 자기와 밥 한번 먹자고 말했다. 남자는 명함을 받았다. 명함에는 식당 주소도 쓰여 있었다.

그날 밤이 되었다. 남자는 명함에 있는 식당 주소를 보면서, 차를 몰고 그 식당에 찾아갔다. 차를 주차한 후에, 식당 안으로 들어갔다. 식당은 엄청 고급 식당은 아니었는데, 그래도 꽤 괜찮은 식당처럼 보였다. 남자가 식당 안으로 들어오자, 검은색 양복을 입고 있는 한 흑인 남자 종업원이 이 남자에게 다가오더니 "몇 분이십니까?"라고 물었다. 흑인 종업원은 대머리였고, 코에는 반짝이는 작은 은색 코걸이가 하나 걸려져 있었다. 잘 생겼는데 좀 험악하게 생겼었고, 얼굴은 갸름한 편이었다. 남자는 그 흑인 종업원에게 일행이 여기 안에 있다고 대답을 했다. 그랬더니 그 흑인 남자 종업원이 인상을 쓰더니, 남자의 얼굴을 빤히 쳐다보며, 진지한 표정으로 처음보는 얼굴이라고 말했다. 남자는 약간 당황스러워서 "뭐라고요?"라고 되물었다. 그 흑인 남자 종업원은 인상을 쓴 채로 계속 그 남자의 얼굴을 뚫어져라 바라봤다. 그때 갑자기 제인이 검은색 드레스를 입고 나타나더니, "오! 오셨군요!"라고 남자에게 말했다. 그러더니, 제인은 남자에게 팔짱을 끼더니, 나랑 같이 가자고 말했다. 그리고는 제인은 그 흑인 종업원을 바라보고, 자신의 한쪽 눈으로 윙크를 했다. 그 흑인 종업원은 그제서야 엄청 친절하게 변하더니, 자기 얼굴에 미소를 지으며, "오! 일행이셨군요!"라고 말했다. 그리고 그 흑인 종업원은 "이쪽으로 안내해 드릴게요"라고 하며, 길을 안내했다. 그 흑인 종업원의 미소는 사람을 소름 끼치게 만드는 미소였다.

4. 사랑

제인은 남자에게 팔짱을 끼고, 그 흑인 종업원을 따라서 식사 테이블로 갔다. 그리고 둘은 자리에 앉았다. 그 흑인 종업원이 남자와 제인의 컵에 물을 따라 주었다. 그리고는 좋은 밤 되시라고 말하고는, 다른 곳으로 걸어갔다. 제인은 남자 얼굴을 쳐다보며, "잘 찾아오셨네요!" 라고 말하고는 덧붙여서 웃으며, "원래 그렇게 포커 페이스세요?" 라고 남자에게 물었다. 남자는 "뭐라고요?" 라고 되물었다. 여자는 웃으며, 포커페이스가 뭔지 모르냐고 말했다. 남자는 제인을 쳐다보며 그냥 웃었다. 제인은 남자에게 미소가 예쁘다고 말했다. 남자는 제인에게 "내가 포커 페이스 같나요?" 라고 물었다. 제인은 남자에게 "당신은 꼭 감정이 없는 사람 같아요." 라고 말했다. 남자는 자기도 정확하게 왠지는 모르겠지만, 그냥 그 자리에서, 갑자기 제인의 목을 졸라서 죽이고 싶은 충동이 자기 자신의 마음을 스쳐 지나가는 걸 느꼈다. 제인을 향한 살인 충동을 느낀 것이었다. 그래서 남자는 굉장히 차가운 눈빛으로 제인을 빤히 쳐다봤다. 남자의 눈빛은 감정이 없는 사람의 눈빛이었다. 제인은 걱정스러운 얼굴로 남자에게 괜찮으시냐고 물었다. 남자는 그냥 웃으며, 자기가 안 괜찮아 보이냐고 물었다. 그랬더니 제인도 웃으며, 남자에게 "당신 참 재미있는 사람이네요" 라고 말했다. 둘은 서로를 쳐다보며 웃었다. 남자의 살인충동은 갑자기 또 사라졌다. 남자는 기분이 아주 특이하고 이상했다.

둘은 음식을 시켜서 먹으며, 대화도 나누며 좋은 시간을 보냈다. 식사가 끝난 후에 디저트를 먹으며, 서로 이야기를 계속 나누었다. 제인은 남자에게 당신 그림이 참 인상적이라고 말했다. 남자는 제인에게 '비스트'를 말하는 것이냐고 물었다. 제인은 그렇다고 했다. 그리고 제인은 덧붙여서, 여자 품에 안겨서 피를 흘리며 죽어가는 그림 속의 남자가 당신을 꼭 닮은 것 같다고 말했다. 남자는 웃으며 그러냐고 말했다. 제인은 남자의 얼굴을 쳐다보며, 당신도 어쩌면 그 그림 속에 있는 남성처럼 온갖 슬픔과 고통 속에 잠겨 있을지도 모른다고 말했다. 제인은 덧붙여서 그 그림은 생각할수록 뭔가 되게 섹시한 것 같다고 말했다.

남자와 제인은 와인 한 병을 시켜, 와인을 서로의 컵에 따라 마시며, 서로 계속 이야기를 나눴다. 남자와 제인은 둘 다 술에 취했다. 남자는 그 흑인 종업원을 자기 자신의 가늘고 긴 손가락으로 가리키며, 제인에게 저 흑인 종업원을 아냐고 물었다. 제인은 자기가 이 식당 단골이라서, 저 흑인 종업원이랑 알긴 아는 사이라고 말했다. 남자는 서로 친한 사이냐고 물었다. 제인은 그렇게 친한 사이는 아니고 그냥 서로 얼굴만 아는 사이라고 말했다. 남자는 알겠다는 듯이 술에 취한 채로 고개를 끄덕였다. 제인은 남자에게 애인은 있냐고 물어봤다. 남자는 자기는 애인 같은 건 없다고 말했다. 남자는 제인에게 애인이 있냐고 물어봤다. 제인은 고개를 저으며 자기도 애인 같은 건 없다고 말했다. 제인은 남자의 얼굴을 빤히 쳐다보며 당신 같은 미남이 애인이 없다는 게 참 신기하다고 말했다. 남자는 살짝 쑥스러워 하며 그냥 웃었다. 제인은 남자에게 당신의 과거에 대해서 알고 싶다고 말했다. 남자는 제인에게 자신의 과거가 궁금하냐고 말했다. 제인은 호기심 찬 눈빛으로 남자를 바라보며 남자에게 당신의 과거에 대해서 얘기해 줄 수 있냐고 말했다. 남자는 자신의 과거에 대해서 말하기 시작했고, 자기 자신은 자신의 기억 중 반 정도를 잃었단 것도 말했다. 그리고 고등학교 시절, 자신이 다른 아이들에게 심하게 학교 폭력을 경험한 것도 말했다. 제인은 남자의 이야기를 듣더니, 많이 힘들었겠다며 남자의 손을 자기 손으로 잡아줬다.

남자는 제인을 바라보며, "당신, 나에게 왜 잘해주나요?" 라고 말했다. 제인은 웃으며 "잘해주면 안 되나요?" 라고 말했다. 남자는 자기는 그냥 당신이 나에게 아무 이유 없이 잘해주는 게 신기하다고 말했다. 제인은 남자에게 당신은 생김새도 잘 생겼고, 무언가 말로는 설명할 수 없는 매력이 있다고 말했다. 그리고 제인은 덧붙여서 당신은 다른 남자들처럼 자기에게 들이대지 않아서 그런 점이 되게 매력 있는 것 같다고 말했다. 그리고 제인은 당신은 나를 계속 당신에 대해서 궁금하게 만든다고 말했다. 남자는 웃으며 "만약에 내가 좋은 사람이 아니면요? 그래도 나에게 잘해줬을 건가요?" 라고 말했다. 제인은 웃으며 "당신은 좋은 사람이잖아요. 나는 당신의 눈만 봐도 알아요." 라고 말했다. 남자는 "확실한가요?" 라고 말했다. 제인은 "그럼요. 제가 눈치가 얼마나 빠른데요." 라고 말했다. 남자는 "사실 나는 사이코패스에요. 사람들을 많이 죽였어요. 그것도 여자들만. 나는 연쇄살인마에요." 라고 말했다. 남자의 표정은 그 어느 때 보다도 진지했다. 제인은 남자 앞에서 갑자기 미친 듯이 웃기 시작했다. 그리고는 남자에게 당신 정말 너무 웃기 다고 말했다. 그리고 제인은 사실은 자기도 사이코패스 연쇄살 인마라고 말했다. 그리고는 자기는 오로지 남자만 죽인다며 죽 인 다음에는 꼭 성기를 입으로 뜯어 먹는다고 말했다. 그리고 는 계속 웃었다.

제인은 남자에게 우리 둘 다 너무 취한 것 같다며 밖에 나가서 좀 걷자고 말했다. 남자는 계산은 자기가 하겠다고 했지만, 제 인이 자기가 그냥 계산 하겠다며 먼저 계산을 해버렸다. 둘은 식당 밖으로 나와 같이 걷기 시작했다. 아까 남자가 제인에게 했던, 자기 자신이 사이코패스 연쇄살인범이라는 말은 사실이 었지만, 제인은 결국에는 그 말을 심각하게 받아들이지 않았 다. 둘은 계속 걸으며 얘기를 나눴다. 제인은 남자에게 당신이 전에 잃어버린 그 기억이나 기억들은 도저히 기억해 낼 수 없 는 거냐고 물었다. 남자는 자기가 머리를 쥐어짜서 기억해내 보려고 했지만 아무 효과가 없었고, 절대 기억해 낼 수 없었다 고 말했다. 제인은 남자에게 나중에라도 그 기억들이 돌아오 면 자기에게 꼭 알려달라고 말했다. 제인은 그 기억들에 대해 서 매우 궁금하다고 말했다. 남자는 알겠다고 말했다. 둘은 헤 어졌고, 다음 날 아침이 되었다.

5. 비스트

아침에 두 눈을 뜨고 잠에서 깨어났더니, 남자는 자신의 집에 있었다. 남자는 침대에 팬티만 입은 채로 누워있었다. 남자는 침대에서 일어나, 화장실로 걸어갔다. 남자는 화장실 안으로 들어가, 양치를 했다. 양치를 다 끝내고, 남자는 다시 화장실 밖으로 나와, 창가로 걸어갔다. 창 밖을 보니, 남자 두 명이 담배를 피고 있었다. 남자는 옷을 입고 집 밖으로 나왔다. 그날은 살인충동이 그렇게 많이 오진 않았다. 남자는 자기 화실까지 걸어갔다. 그리고 남자는 자기 화실 앞에서 담배 한 대를 폈다. 그리고 나서 남자는 자기 화실 안으로 들어갔다. 자기 화실 안에는 여러 사람들이 와 있었고, 제인도 와 있었다. 제인은 남자를 보자마자 남자에게 인사를 했다.

화실에서 어느정도 시간이 흘렀고, 남자는 자신이 그리고 있는 작품 '비스트'를 다 완성했다. 제인은 그날도 남자에게 밥을 같이 먹을 수 있냐고 물어봤다. 결국 오후 8시에 둘이서 어떤 식당에서 만나, 같이 밥을 먹었다. 그리고 나서 둘은 같이 길거리를 걷고 있었다. 제인은 자기가 재밌는 곳을 안다며 남자를 어떤 골목으로 데려갔다. 근데 남자와 제인 둘 다, 전혀 예상하지 못했던 일이 일어났다. 갑자기 어떤 남자 세 명이 튀어나오더니, 제인과 남자쪽으로 걸어왔다. 제인과 남자는 당황했다. 남자 세명 중에 한 명이 칼을 꺼내더니, 남자에게 다가와, 남자에게 지갑을 내놓으라고 말했다. 남자는 돈은 다 줄 테니까 그냥 돈만 받고 가라고 말했다. 그 남자 세 명은 제인과 남자에게 달려들더니, 제인과 남자를 무자비하게 두들겨 패고 발로 짓밟아 댔다. 그리고 남자의 지갑을 빼앗아 갔다. 남자 셋 중에 한 명이 제인에게 칼을 들이대더니, 너도 지갑을 내놓으라고 말했다.

갑자기 남자는 다시 엄청난 살인 충동을 느꼈고, 남자는 그 칼 들고 있는 남자에게 걸어오더니, 남자는 자기 주먹으로 그 칼 들고 있는 남자의 코를 뽀개버렸다. 그 칼 들고 있는 남자는 코에서 피를 줄줄 흘리며 땅에 쓰러졌다. 제인은 비명을 질렀다. 남자 두 명 중에 한 명이 그 남자에게 달려들었다. 그 남자는 달려드는 남자의 성기를 걷어 찬 다음, 남자의 한쪽 눈을 자기 주먹으로 뽀개버렸다. 남자는 한쪽 눈에서 피를 줄줄 흘리며 땅에 쓰러졌다. 뒤에 서 있던 남자는 총을 꺼내서 그 남자에게 네발 정도 발사했다. 그 남자는 총알을 네발 맞더니, 땅에 쓰러졌다. 총을 들고 있는 남자는 그 쓰러져 있는 남자에게 총을 한 발 더 쐈다. 그리고 나서 그 총을 들고 있는 남자는 땅에 쓰러져 있는 다른 두 남자를 데리고 빨리 그 장소를 떠났다.

제인은 넋이 나간 채로 온몸을 부들부들 떨며 땅에 한동안 주저앉아 있었다. 그러더니 제인은 자기 전화기를 꺼내더니, 온몸을 부들부들 떨며, 전화기로 구급차를 불렀다. 결국 남자는 구급차에 실려 갔고, 제인도 병원에 왔다. 이 일이 벌어졌다는 걸 알게 된 경찰은 바로 수사에 들어갔다. 병원에선 남자를 살리기 위해 최선을 다했지만, 결국 남자는 숨을 거두었고, 세상을 떠났다. 제인은 남자 옆에서 미친듯이 엉엉 울었다.

제인은 그날 밤, 집에 가서 샤워를 했고, 침대에 누워, 잠을 자려고 했지만, 잠이 오지 않아 밤을 꼴딱 샜다. 다음날 아침이 되었다. 물론 말도 안 되는 일이지만, 제인은 혹시나, 남자가 다시 회복을 해서 그 화실에 나와 있을 수도 있겠다 라는 생각을 했다. 그래서 제인은 혹시나 하는 마음에 그 남자의 화실로 갔다. 화실은 열려 있었지만 아직 화실 안엔 아무도 없었다. 제인은 여기저기 둘러봤지만 화실 안엔, 그 남자가 있지 않았다. 갑자기 제인은 그 남자는 정말로 이 세상을 떠났다는 생각이 들었고, 기분이 엄청 우울해졌다. 제인은 화실에 있는 그림들을 하나 하나씩 눈으로 보기 시작했다.

그러는 와중에 어떤 그림 하나가 제인의 시선을 사로잡았다. 바로 그 남자의 그림 '비스트' 였다. 제인은 그림 '비스트' 앞에 서더니, 그림 '비스트' 를 뚫어져라 쳐다봤다. 그림 속에 피를 흘리며 죽어가는 남성의 모습은 오늘따라 더 그 남자와 뭔가 비슷해 보였다. 제인은 그 남자에 대해서 어느정도 알긴 알았지만, 그 남자에 대해서 그렇게 많은 것을 알진 않았다. 그럼에도 불구하고, 어찌됐건 제인은 그 남자를 진심으로 사랑했다. 그림을 뚫어져라 쳐다보고 있는 제인의 두 눈엔 눈물이 고였다. 두 눈에 눈물이 고인 채로 제인은 계속 뚫어져라 그림을 쳐다봤다. 떡하니 그림 앞에 서서, 두 눈에 눈물이 고인 채로, 그림을 쳐다보고 있는 제인의 모습과 제인 앞에 놓여있는 그림 '비스트'의 모습은 마치 하나의 그림 같았다.

엄마는 천원이 아까워

이 이야기는 미국에서 있었던 이야기이다. 미국인인 한 아이가 있었는데, 이 남자 아이는 백인이었고, 백인 중에서도 피부색깔이 더 하얀 편이었다. 이 남자 아이는 잘 생겼었고, 눈동자는 푸른 색이었고, 얼굴은 작고 갸름했다. 그리고 오똑한 코를 갖고 있었고, 머리카락은 태어났을 때부터 금발이었다. 평범해 보이지만 평범하면서 굉장히 독특한 외모를 가지고 있었다. 이 아이의 아버지는 이 아이가 아주 어렸을 때 암으로 돌아가셨고, 이 아이는 엄마와 누나와 함께 살아왔다. 이 아이의 엄마는 굉장한 성차별 주의자였고, 남자들에 대해서 별로 좋게 생각하지 않는 면이 있었다. 그녀는 이 아이에게는 관심도 없었고, 잘 대해주지도 않았다. 거의 매일같이 이 아이에게 너는 남자라서 이렇다, 너는 남자라서 저렇다, 고 하며 이 아이에게 성차별적인 잔소리를 해댔다. 그리고 막상 이 남자 아이보다 이 남자 아이의 누나를 훨씬 더 예뻐했다. 이 아이의 누나도 이 아이한테는 함부로 대했고, 이 아이의 기분 따위는 신경 쓰지도 않았다.

이 아이는 말하지는 않았지만 항상 마음 속으로는 스트레스가 심했고, 굉장히 외로웠다. 이 남자 아이는 말랐었고, 팔과 다리는 가늘고 길었다. 전체적으로 호리호리한 체형을 가지고 있었다. 이 남자 아이는 학교에서도 아이들에게 심하게 왕따를 당했다. 이 아이는 언제나 슬프고 외로웠고, 그 누구도 이 아이의 마음속에 있는 상처를 치유해 주지 않았다.

그러던 어느 날, 이 남자 아이에게 동양인인 한 여자가 나타났다. 이 여자는 아이보다 나이가 네 살 더 많았다. 이 동양인 여자는 이 아이의 바로 옆집에 살았는데, 유일하게 이 여자만 이 아이를 잘 대해주었다. 한편, 이 아이의 엄마는 알코올 중독에 빠지기 시작했고, 술에 취했을 때마다 이 남자 아이에게 폭력을 휘둘렀다. 이 당시 이 남자 아이는 초등학생이었고, 별 생각 없이 되는대로 인생을 살아가고 있었다. 매일 같이 학교에선 왕따를 당했고, 엉엉 울며 집으로 돌아왔다. 이 남자 아이가 그 동양인 여자를 어떻게 만났냐면, 이 아이가 밖에서 어떤 나무로 된 의자에 혼자 앉아서 울고 있었는데, 그 동양인 여자가 다가오더니, 자기 손으로 이 아이의 어깨를 만지며, 일본어로 이 아이에게 괜찮냐고 말했다. 이 남자 아이는 일본어를 할 줄 모르기 때문에, 처음에는 못알아 들었다. 아이는 울면서 일본 여자애를 쳐다보았다. 일본 여자애는 착하게 생겼지만 약간 뱀처럼 생겼었다. 여자애가 아이한테 계속 일본어로 뭐라고 했지만 아이는 무슨 말인지는 못알아 듣겠는데 자기를 해칠 것 같은 느낌은 들지 않았다.

일본 여자애가 일본어로 뭐라고 말을 하더니, 그 아이의 손을 잡고 어딘가로 데려갔다. 아이는 아무 생각 없이 눈물을 뚝뚝 흘리면서 일본 여자애의 손을 잡고 따라갔다. 조금 걸어가니까 나무로 된 집 한채가 나왔다. 약간 무섭게 생겼으면서 특이하게 생긴 오싹한 집이었다. 그곳으로 아이의 손을 잡고 끌고 가더니, 여자는 그 집을 가리키면서 아이에게 일본어로 뭐라고 하곤 아이를 바라보더니 얼굴에 예쁜 미소를 지었다. 아이의 손을 잡고 둘이 같이 그 집으로 걸어갔다. 집 문 앞에 77 이라고 숫자가 적혀 있었다. 아이는 아무 생각 없이 여자가 손을 잡고 끌고 가길래 일단 집 안으로 들어갔다. 그 집은 밖에서 봤을 땐 허름하고 낡아 보였는데 막상 안에 들어가니까 엄청나게 화려하게 꾸며져 있었다. 바닥은 빨간색이고, 술병 같은 것들도 놓여져 있었고, 천장에 엄청나게 큰 샹들리에가 걸려있었고, 엄청나게 길고 커다란 식탁과 소파도 있었다. 벽에는 주로 동물 그림 같은 것들이 많이 그려져 있었다. 호랑이 그림, 늑대 그림, 용 같은 주로 수컷 동물 그림들이 많았다. 아이는 막상 집에 들어가니까 집이 너무 크고 화려해서 되게 놀랐다. 아이는 넋을 놓고 집 안을 두리번 거리면서 보고있었는데, 일본 여자가 이 아이를 보더니 일본어로 또 상냥하게 뭐라고 했지만 아이는 알아 듣지 못했다.

여자는 2층으로 막 뛰어 올라가니까 아이가 여자를 따라 올라갔다. 어떤 방 문을 열더니 여자가 들어가자 아이도 따라 들어갔는데 그 방 안에는 침대가 하나 놓여있었고, 옷장이 하나 있었다. 여자는 옷장을 열었는데 옷장엔 마네킹이 두개 있었다. 그 마네킹은 정말 사람이랑 똑같이 생겼었다. 하나는 검은색 양복을 입고 있었고, 하나는 하얀색 양복을 입고 있었다. 여자가 공책을 가지고 오더니 종이를 한 장 찢었다. 그 종이에 여자는 영어로 MOM이라고 적고 다른 종이도 하나 찢어서 그 위에다가는 Dad라고 적었다. Dad라고 적은 종이는 검은색 양복을 입은 마네킹 앞에 놓았고, Mom이라고 적은 종이는 하얀색 양복을 입고 있는 마네킹 앞에다가 내려났다. 여자 아이가 갑자기 마네킹 두개를 보고 배꼽인사를 하고 일본어로 뭐라고 마네킹을 바라보며 말했다. 그리곤 그 아이를 바라보더니 손가락으로 마네킹을 가리키면서 뭐라고 하면서 종이를 보여줬다. 그 여자아이 행동으로 봤을 땐 검은색 양복을 입은 마네킹이 그 아이의 아빠고, 하얀색 양복을 입고있는 마네킹이 엄마라고 일본어로 말하는 거 같았다. 그 남자 아이는 무슨 소리인지는 모르겠지만 대충 그런 뜻인 것 같았다. 아이한테도 배꼽인사를 하라는 것 같아서 옆에서 마네킹을 바라보며 배꼽인사를 했다. 일본 여자는 얼굴에 예쁜 미소를 짓더니 침대 위로 올라가 껑충껑충 뛰며 놀았다. 아이도 침대 위에 같이 올라가서 껑충껑충 뛰었다.

여자는 다시 아래층 계단으로 내려갔다. 소파에서도 여자아이는 껑충껑충 뛰어 놀았다. 아이도 같이 소파 위에 올라가서 껑충껑충 뛰며 놀았다. 여자 아이는 아이를 편안하게 해주고 웃어주고 하니까 그 아이도 마음이 편해져서 여자 아이를 보고 웃었다. 여자 아이가 또 공책을 가지고 오더니 공책에서 종이 한 장을 또 찢었다. 종이 위에다가는 Friend라고 적고 그 아이에게 보여줬다. 아이는 그것을 보고 영어는 알아들으니까 웃으면서 고개를 두 번 끄덕였다. 일본 여자 아이도 웃으면서 고개를 끄덕였다. 둘은 같이 밑에서 잠깐 벽에다가 그림도 그리고 조금 놀다가 여자 아이는 아이의 손을 잡더니 또 무엇을 보여주겠다는 것처럼 일본어로 말을 하며 어떤 문 앞으로 가서 문을 여니까 커다란 미끄럼틀과 그네, 풍선 같은 것들이 있었다. 완전 놀이터 같은 곳이었다. 여자 아이는 이런데도 있다고 보여주는 거 같았다. 둘은 같이 미끄럼틀도 타고 풍선도 터트리고 그네도 타며 실컷 놀았다. 이제 점점 날이 어두워져 밤이 되자, 일본어로 여자 아이가 아이한테 뭐라고 말을 했는데 집에 가야되지 않냐라는 뜻 같았다. 아이는 영어로 그런 거 같다고 대답했다. 둘은 같이 집 밖으로 나왔다. 여자 아이는 또 일본어로 뭐라고 했다. 이 아이가 들었을 땐 "오늘 참 즐거웠다"라고 말하는 거 같았다. 여자가 아이의 이마에다가 뽀뽀를 하곤 또 일본어로 뭐라고 했다. 집에 조심히 들어가라고 말하는거 같았다. 여자가 아이의 손을 잡고 집으로 들어왔던 길로 다시 걸어나왔다. 둘은 작별인사를 했다. 여자는 다시 집 쪽으로 걸어가고 아이는 다시 자기 집으로 돌아왔다. 집에 들어오자마자 엄마가 아이를 보더니 왜 이렇게 집에 늦게 들어 왔냐며 뭐라고 했다. 아이는 엄마의 잔소리를 듣고 그냥 자기 방으로 들어갔다. 방에 들어와서 그날 일본 여자 아이를 만난 걸 생각하며 누워서 잠이 들었다.

다음날에 아이는 학교를 갔다. 이 아이는 학교에서는 계속 왕따를 당하고 학교가 끝나면 일본 여자의 집을 길을 어느정도 외워서 찾아갔다. 둘은 만나서 재밌게 놀았다. 한마디로 이 아이의 유일한 친구는 일본 여자 아이 뿐이었다. 초등학교를 졸업하고, 이제 고등학교로 올라갔다. 고등학교에서도 이 아이는 왕따를 당했다. 고등학교 때 아이는 엄청나게 심한 학교 폭력을 당했다. 남자애들은 아이가 만만하니까 때리고 귀찮게 굴고 아이가 밥 먹고 있을 때 쓰레기 던지고 침 뱉고 했다. 어느 날 학교가 끝나고 아이는 여자 아이가 사는 집 쪽으로 갔다. 학교에서 괴롭히는 애들이 아이를 몰래 따라갔다. 그 아이가 여자의 집으로 들어가서 여자를 만났다. 둘은 언어는 안 통하지만 어떻게든 소통을 하면서 서로 이야기를 나누고 있었는데 뒤쫓아온 애들이 집에 들이닥치더니 이 아이를 놀리며 비웃더니 아이를 때리기 시작했다.

여자는 일본어로 뭐하는 거냐고 말하자 학교 애들은 무슨 소린지 못 알아 듣겠다고 말했다. 아이를 먼저 두들겨 패고 따라온 셋은 여자를 소파에 눕힌 뒤, 아이가 보는 앞에서 일본 여자를 강간했다. 아이는 하지 말라고 몸부림치며 뭐라도 하려고 했지만 뒤에서 못 움직이게 붙잡고 있어서 딱히 아무것도 할 수가 없었다. 셋이서 결국 돌아가며 여자애를 강간했다. 셋은 낄낄웃으면서 그 아이와 여자를 집에 내버려 둔 채 셋은 달아났다. 아이는 엉엉 울면서 영어로 미안하다고 여자한테 말했다. 여자 아이는 울면서 아무것도 하지 못하고 소파에 부들부들 떨면서 누워있었다. 서로 얘기를 조금 나누고 울면서 작별인사를 했다. 아이는 울면서 집으로 돌아간 뒤 자기도 어떻게 할지 몰랐다. 경찰에 신고를 하려고 했는데 신고를 했다가는 자기를 괴롭히는 애들이 자기를 더 심하게 괴롭힐 거 같아서 경찰에 신고는 하지 않았다.

그냥 그날 밤 엉엉 울면서 거의 밤을 설치고 아침에 학교에 갔다. 학교에 갔다가 집에 왔는데 집으로 돌아오는 길에 자기 집 앞에 경찰차가 와 있었다. 뭐지? 하면서 집 쪽으로 가려고 하는데, 경찰 한명이 이 아이를 부르고 어떤 동양인 여자의 시체가 강가에서 발견이 되었는데 혹시 무슨 일인지 아냐고 물어봤다. 아이는 무슨 말이냐며 동양인 여자 시체가 왜 발견되었냐고 물었다. 경찰은 같이 강가에 가보겠냐고 물어보고는 아이를 차에 태우고 같이 강가로 갔다. 강가에 도착했을 땐 경찰들이 모여 있었고 출입 금지 테이프가 붙여져 있었다. 그곳엔 여자아이가 응급실 침대 같은 것에 누워 있었고 하얀 이불을 덮고 있었다. 경찰은 이 여자를 아냐고 말하며 물어봤다. 그 여자는 아이와 친한 일본 여자애였다. 그 아이는 깜짝 놀라서 어쩔 줄 몰라하며 눈에 눈물이 고이기 시작하며 엉엉 울기 시작했다. 자신과 친한 사람인데 왜 죽었냐고 물었다. 경찰은 수사 결과로만 봤을 땐 자살인 거 같다고 말했다. 아이는 정말 자살한 거 맞냐고 물으니, 경찰은 우리가 알고 있는 한 자살이 맞는 거 같다고 했다. 아이는 당황스러웠고 온 세상이 무너진 것처럼 기분이 우울했다. 아이는 이런 어린 시절을 보냈고, 시간이 흘러 아이는 성인이 되었다. 원래는 금발 이었던 머리를 성인이 되고 검은색으로 염색을 했다. 몸에 문신도 했다, 거의 온 몸에 문신을 했다. 아이는 술 담배도 많이 했다. 아이는 독립해서 허름한 집에서 살고 있었다. 그때의 기억을 생각하면 너무 괴로워서 담배도 피고 술도 마시곤 했다.

이 아이는 인생이 너무 의미가 없는 거 같아서 자살을 하려고 총을 사서 집으로 들어왔다. 입에다가 총구를 넣고 방아쇠를 당기려고 하는데 갑자기 자기 인생에서 행복했던 순간들이 떠올랐다. 일본 여자 아이와 보냈던 시간들과 좋았던 시간들이 떠올랐다. 그 여자 아이는 자신에게 유일하게 잘해준 사람이었고, 말이 통하진 않았어도 서로 좋은 친구였고, 아직까지도 기억이 나는 걸 보면 서로 모르고 있었지만 서로 사랑했던 거 일수도 있다. 방아쇠를 당기려고 하는데 좋은 아이디어가 떠올랐다. 물론, 불가능하고 말도 안된다고 생각했지만 과학자인 친구에게 전화를 했다. 친구는 전화를 받곤 무슨 일이냐고 물었다. 남자는 자신에게 좋은 아이디어가 있는데 한번 들어보겠냐고 물어봤다. 과학자인 친구는 아이디어가 뭐냐고 묻자, 아이는 요즘 타임머신을 만들고 있지 않냐고 묻자 맞다고 했다. 친구는 왜 물어보냐고 말했다. 남자는 내 기억 안으로 그냥 들어가 볼 수 있는 기계가 있냐고 물었다. 친구는 있다고 답했다. 아이는 내 기억속으로 들어가서 일본 여자애와 보냈던 순간들과 좋았을 때 느꼈던 감정들만 내 기억 안에서 뽑아낸 다음에, 뽑아낸 걸로 약물을 만들 수 있겠냐고 물었다. 친구는 독특한 아이디어라고 생각하지만 한번도 그런 실험을 해본 적 없어서 위험할 거 같다고 말하곤 너가 실험해보고 싶은 거냐고 물었다. 아이는 자기가 실험을 해보고 싶다고 말했다. 그 감정들만 뽑아서 약물을 만들어 보자고 아이는 말했다. 친구는 전화로 일단 알겠다고 하며 실험을 하려면 너가 와야 하니까 실험실로 오라고 불렀다. 남자는 차를 몰고 친구의 실험실로 들어갔다. 아이는 자기는 실험할 준비가 되어 있다며 자신에게 실험해 보라고 했다. 친구는 너가 말한 실험은 자신이 한번도 해본 적 없는 거여서 위험을 감수할 수 있냐고 말하자, 남자는 괜찮다고 하고싶다고 말했다.

실험용 의자에 남자는 웃통을 벗고 앉았다. 어떤 기계 같은 걸 머리에 씌워 놓고 친구는 시간이 조금 걸릴 거니까 아프더라도 좀 참으라고 말했다. 남자는 알겠다며 빨리 실험을 해보자고 말했다. 결국엔 실험에 들어갔다. 주인공 남자의 기억에 들어가니까 좋았던 기억은 거의 없었다. 대부분 사람들한테 상처받고 욕먹고 어렸을 때 학교폭력을 당한 기억밖에 없는데 맨 뒤로 가보니 일본 여자 아이와 같이 시간을 보냈던 기억들도 있었다. 일본 여자 아이만 이 남자에게 잘해줬고 그 기억이 가장 행복한 기억이었다. 아무에게도 사랑을 받지 못했는데 여자 아이한테만 사랑을 받은 기억들을 모아서 피를 통해서 뽑아냈다. 남자는 머리에 통증이 살짝 있었지만 참았다. 실험이 끝나고 남자는 일어나서 어떻게 됐냐고 묻자 친구는 이 피에는 너의 좋았던 기억, 사랑을 받았던 기억들이 모여 있다고 말했다. 친구는 이 피를 가지고 며칠이 걸릴지는 모르겠지만 새로운 약물을 만들겠다고 말했다.

주인공은 며칠 뒤에 다시 과학자 친구의 집으로 찾아갔다. 친구는 약물을 하나 보여주면서 이게 바로 만들어진 약물이라고 말하며 몸에 한번 투입시켜 보겠냐고 말했더니 남자는 좋다며 한번 투입시켜 보겠다고 말하며 투입시켰다. 처음에는 아무런 느낌이 들지 않았는데 10초정도 지나니까 좋았던 기억을 느낄 수 있었다. 그 느낌은 너무 행복하고 좋았다. 남자는 이 약물은 너무 좋다고 말하며 친구에게 한번 팔아보자고 말했다. 친구는 좋은 생각이라며 너랑 나랑 같이 만든 거니까 팔아서 돈을 많이 벌어보자고 말했다. 이건 너의 아이디어 였으니까 아무리 내가 만들었어도 너의 작품이라고 친구가 말했다. 남자는 고맙다며 자기도 자기 작품인 거 같다고 했다. 둘은 약물을 복사해서 여러 개를 만든 다음에 약물들을 사람들에게 팔았다. 이 약물을 사는 사람들 중에 남자가 여자보다 훨씬 많아서 그렇구나 하고 넘겼다. 주인공 남자는 사회에 불만이 많았고 사람들이 자신을 남자라고 생각하고 남자로 대해주고 자기가 남자라서 이럴거다, 저럴거다, 라는 편견을 사람들로부터 듣는 게 스트레스 였다. 남자에게는 안 좋은 취미생활이 하나 있었는데, 여자들에게 돈을 주고 그들과 매우 과격하고 격렬한 성관계를 나누는 취미 생활이 있었다. 이 취미 생활은 그 나름대로 그의 스트레스를 푸는 방법이었다.

어느 날, 자신은 여자도 아니고 남자도 아니라는 생각을 하며 사람들이 자신을 향해서 가지는 편견이 싫고 하나의 인격체가 되고 싶어서 성전환 수술을 하기로 결정했다. 더 이상 여자들과 성관계는 못하지만 그래도 내 자신이 되고 싶다며 결국엔 성전환 수술을 했다. 수술을 하고 나니 밥도 조금 먹어야 하고 얼굴도 갸름해지고 전체적으로 말라졌다. 머리도 빨간색으로 염색했다. 이 사람은 자기 자신에 대해서 만족했다. 꿈을 이뤘기 때문이다. 그렇게 반 여자 반 남자가 됐다. 이 사람 원래 영어 이름이 데이브 였는데, 성전환 수술을 하고 나서 이름을 미쉘로 바꿨다. 그래서 이 사람은 이름이 두개가 되었다.

그 약물이 특히 남자들에게 잘 팔려서 이 사람은 유명해졌다. 이 사람은 인터뷰도 할 정도로 유명해졌다. 그리고 성전환 수술을 한 것도 이슈가 되고 화제가 됐다. 사람들은 특이한 약물을 만든 사람으로 이 사람을 연예인처럼 생각했다. 약물의 이름은 딱히 뭐라고 지을지 몰라서 자신의 이름으로 지으려고 하다가 갑자기 옛날에 일본 여자 아이 집 문 앞에서 본 숫자가 떠올라서 약물의 이름을 77로 지었다. 미국뿐만 아니라 해외에서도 잘 팔렸다. 일본, 중국, 러시아, 한국 등등 전 세계적으로 이 약물이 팔리며 세계적인 스타가 되어서 유명해지고 돈도 많이 벌어 부자가 됐다. 하지만 이 사람은 가족은 없었고 미혼 이었다. 과학자 친구랑은 가끔 연락했다.

어느 날 이 사람에게 어떤 손님이 찾아왔다. 이 사람은 좋은 집에서 살고 개인 운전 기사도 있고 연예인 급으로 부자가 돼서 잘 살고 있는데 어떤 손님이 찾아왔다. 그 손님은 회색 양복을 입고 있었고, 검은색 넥타이를 매고 있었다. 이 사람은 자기 집 소파에 앉아서 담배를 피고 있었는데 집 벨을 누르길래 문을 열어보니까 양복 입은 사람이 만나서 반갑다며 자기는 제이크 라고 한다며 손을 내밀었다. 주인공은 만나서 반갑다며 제이크의 손을 잡고 악수를 했다. 제이크는 안에 들어가도 되냐고 묻자 들어와도 된다고 남자가 말했다. 주인공 남자는 소파에 앉았고 양복입은 남자도 의자에 앉았다. 그 남자는 목에도 문신이 많았고 한쪽 손등에도 문신이 있었다. 얼굴은 갸름하고 머리는 대머리 였다. 당신을 만나서 영광이라며 주인공에게 말했다. "나는 당신에 대해 많은 걸 알아요. 인터넷에서 다 찾아봤거든요." 라고 제이크가 말했다. 주인공은 "내 옛날 이름은 데이븐데, 지금 이름은 미셸이에요. 부르고 싶은 이름으로 불러요"라고 남자가 말했다. 정장을 입은 남자는 미셸이라고 부르겠다고 말했다. "저는 당신의 엄청난 팬이에요 미셸." 양복입은 남자가 말했다. 주인공은 사진이나 싸인을 원해서 온 거냐고 묻자, 양복입은 남자는 그거랑은 다른 이야기를 하고 싶어서 왔다고 말하며 자신이 누군지 아냐고 물었다. 주인 공은 당신이 누군지는 나는 모른다고 답했다. 주인공은 지금 머리는 빨간색 긴 머리였고 여자의 생김새를 가지고 있었다. 양복입은 남자는 "나는 불법적인 일을 하는 사람이고, 사실 나는 이 세계에서 제일 유명하고 강력한 마피아 두목이다."라고 말했다. 제이크는 당신의 약물 때문에 우리 조직 사업이 잘 돌아가지 않는다고 말했다. 마약이라던지, 이런 것들이 잘 팔리지 않는다고 말하고 우리는 여러가지 불법 적인걸 하는데 술도 잘 안팔리고 창녀들도 안팔린다고 했다. 그 약물이 나온 다음부터 남자들이 여자를 만나려 하지 않고 왜 모든 사람들이 약물에 대해 중독이 심한건지 주인공에게 물었다.

주인공은 과학적으로 분석해 확인해봤는데, 이 약물은 중독성은 없는 약물이고 언제든 끊을 수 있는 약물이라고 답했다. 그렇다면 왜 중독성이 없는데 이렇게 잘 팔리고, 우리 사업에 지장이 있을 정도로 이 약물이 잘 팔리는 거냐고 제이크가 물었다. 주인공은 그냥 잘 팔려서 그런거지 약물 자체가 중독성 있는게 아니라고 말했다. 남자는 내가 지금 당신한테 경고를 하러 온거라고 말하며 당장 그 약물을 중단 시키고 그만 팔라고 말했다. 중단 시키지 않으면 거기에 대한 결과가 따를 거라며 무슨 말인지 알겠냐고 말했다. 주인공은 내가 그 약물을 중단 시키면 이 약물을 사는 사람들이 다 들고 일어날텐데 어떻게 중단시키냐며 반박했다. 양복 입은 남자는 담배를 꺼내 피기 시작하며 "그건 내 알바가 아니지, 어떻게든 중단시켜. 안그러면 그거에 대한 대가가 따를거야. 난 당신을 정말 존경하지만 내 사업에 방해가 되면 참을 수 없어. 어찌됐건 팔만큼 팔았으니 약물을 중단시킬 거라는 약속을 하자. 만약 일주일이 지나도 약물 파는게 중단 되어있지 않으면 내가 다시 찾아올 건데 다시 찾아올 땐 오늘처럼 착하고 곱게 나오지 않을거야. 알고 있어."라고 말했다. 남자는 자기 얼굴에 예쁜 미소를 지으며 담배를 피며 다음에 되면 또 보자며 주인공 집 밖으로 나갔다.

주인공은 혼자 담배를 피면서 생각했다. 이거를 중단 시켰다가는 이 약을 원하는 사람들이 가만히 있지 않을 거고 결국엔 중단을 못시키지 않을까 라고 생각했다. 일주일이 지났고, 결국 중단을 시켰다. 하지만 분명 중단을 시켰는데 마피아 애들이 찾아왔다. 초인종을 눌러서 나가봤더니 남자 4명이 검은색 양복이랑 넥타이를 메고 서있었다. 그리고 지난번에 봤던 대머리가 들어가도 되냐고 묻자 주인공은 일단 들어오라고 했다. 주인공은 4명의 사람에게 술을 따라주고 자기도 와인을 따르며 약물을 중단시키지 않았냐고 말했다. 사실 이 약물을 중단시킨 이유 중 하나가 약물이 중독성이 너무 심하니까 나라에서도 이 약물을 중단 시킨 다음이었다. 이 약물은 마약보다 더 안 좋은 것처럼 됐고 하다가 걸리면 바로 감옥에 가는 범죄행위가 됐다. 이것 때문에 중단시킨 이유가 컸다. 약물을 파는게 범죄 행위가 되어서 나는 약물 파는 걸 멈췄는데 왜 찾아 왔냐고 물었다. "아무리 너가 중단시켰다 해도 너 땜에 우리 사업이 거의 망할 뻔 했는데 내가 살려 둘 필요가 있나?"라고 마피아 두목이 말했다. 주인공은 그럼 날 죽일 거냐고 답했다. "내가 봤을 땐 넌 재능이 있는거 같아. 우리랑 일해볼래? 이 약물은 불법이 됐지만 불법적으로 이 약을 우리랑 같이 팔자. 그냥 범죄자가 되어봐. 어차피 이 세상은 불공평하니까 그냥 범죄자가 되어서 돈을 계속 버는게 낫지 않아? 대신 너가 번 돈을 우리에게 나눠줘야 돼."라고 두목이 말했다.

주인공은 처음엔 안한다 라고 했지만 돈을 더 받을 수 있을 거 같아서 마피아들하고 불법적으로 약물을 팔려고 손을 잡았다. 결국엔 불법적으로 약물을 팔아서 주인공은 돈을 벌면서 마피아들에게 나눠줬다. 어느 날 레스토랑에서 스테이크를 썰면서 밥을 먹고 있었는데 두목한테 전화가 와서 받으며 무슨 일이냐고 묻자 두목은 우리 집으로 잠깐 와줄 수 있냐고 물었다. 주인공은 알았다며 밥을 다 먹고 두목의 집으로 갔다. 사실 경찰들이 주인공을 쫓고 있는 중이었다. 왜냐하면 이 사람이 어떻게 보면 약물을 팔았기 때문에 마약왕이 된 꼴이었다. 그래서 경찰을 피해 조용히 살고 있는 중이었다. 경찰에게 걸리면 바로 감옥에 가야하기 때문이었다. 조용히 혼자서 사람들이 자주 안 가는 식당에서 밥을 먹다가 두목한테 전화가 와서 두목의 집으로 차를 몰고 갔다.

그는 도착해서 두목 집 안으로 들어갔다. 두목은 바깥 의자에 앉아서 담배를 피고 있었다. 두목은 잘 왔다며 술이나 마시며 얘기를 하자고 했다. 주인공은 두목 맞은편 의자에 앉아서 술 마시며 이야기를 하고 있었다. 두목은 그동안 참 고마웠다며 너 때문에 우리 돈 많이 벌었는데 이제는 너 없이도 이 약물 장사랑 우리가 원래 했던 장사를 할 수 있을 거 같다고 말했다. 주인공은 무슨 소리냐고 말했더니, 두목은 알려줄 테니 자기에게 가까이 오라고 말했다. 주인공이 가까이 다가왔더니 갑자기 두목이 숨겨놨던 자기 칼을 꺼내더니 주인공의 배를 찔렀다. 두목은 칼을 찌른 상태여서 칼을 돌렸다.

주인공은 엄청난 고통에 소리를 지르며 두목에 팔을 잡고 쓰러지기 일보 직전이었는데 옆에 포크가 있어서 포크를 집은 다음 두목의 눈알 한쪽을 찔러 눈에 박았다. 두목도 비명을 지르며 고통스러워 했다. 또 주인공은 옆에 있던 접시를 잡더니 두목 머리를 세게 내리치곤 자신의 몸에 있던 칼을 빼내며 피를 줄줄 흘리고 비틀거리며 두목 반대편으로 혼자 걸어가는 중 쓰러져서 엎드려서 기어갔다. 그 두목의 부하 중 하나가 달려와 두목을 보고 괜찮냐고 했는데 두목은 한쪽 눈에 포크가 꽂혀있는 채로 손가락으로 주인공을 가르키면서 빨리 가서 저 시발새끼 잡아 죽이라고 부하에게 말했다. 주인공은 피를 흘리며 엉금엉금 기어가고 있는데 부하가 주인공 뒤에서 목을 잡더니 붙잡고 조르기 시작했다. 그는 목이 졸려지는 상태로 땅에서 바둥거리고 있는데 부하가 목을 더 쎄게 조르고 있었다. 엎드려서 바둥거리고 있다가 옆에 칼이 있길래 주인공은 팔을 휘겼다가 칼을 잡곤 뒤에 있는 부하 얼굴을 칼로 찍었다. 칼로 계속 찌르니 부하 얼굴에서도 피가 흐르기 시작했고, 너무 아프니 주인공을 놔줬다. 그는 엎드린 상태에서 확 뒤돌며 칼로 그 부하의 목을 따버렸다. 부하는 목에서 피가 줄줄 흐르면서 죽어가고 있었다. 뒤에서 마피아 두목이 총을 꺼낸 다음에 목에서 피를 줄줄 흘리고 있는 부하를 향해 총을 3발정도 쏴서 죽였다. 그리고 나서 총을 들고 주인공에게 다가와선 주인공의 다리를 쐈다. 그는 아파하면서 땅에 쓰러져 있는데, 마피아 두목은 눈에 박혀있던 포크를 뺏는데 눈알이 같이 뽑혔다. 두목은 엄청나게 아파하며 눈알을 완벽하게 뽑아낸 다음에, 포크랑 자신의 눈알을 땅바닥에 던졌다. 그리고선 비틀비틀 거리면서 주인공에게 총을 들고 걸어가더니 "너는 오늘 내 손에 죽었어 시발놈아."라며 주인공 머리에 총을 겨누며 말하고 방아쇠를 당기려는데 갑자기 누군가 두목을 총으로 쐈다.

두목은 갑자기 총을 맞고 비틀거렸는데 5발 정도 총알을 더 맞고 쓰러졌다. 어떤 경찰이 두목을 총으로 쏴서 죽였다. 경찰은 총을 들고 오더니 주인공에게도 총을 겨누면서 움직이지 말라고 하면서 다른 경찰들도 불렀다. 주인공은 응급실에 실려갔고, 집에 있던 마피아 두 명은 죽은 채로 발견이 되었다. 주인공은 응급실에서 어느정도 회복이 되려던 참에 경찰이 다시 응급실에 들어오더니 같이 가줘야 겠다고 말했다. 그래서 그는 왜 당신들이랑 같이 가야하냐고 물으니 경찰들은 남자보고 당신 미쉘 아니냐며 당신은 범죄자여서 우리랑 같이 가야한다고 말했다.

주인공은 결국 경찰서에 갔다. 경찰들은 주인공에게 왜 그 약물을 만들었는지와 여러 질문을 했다. 어쨌든 그날은 경찰서에 잡혔고, 주인공이 감옥에 몇 년 있을지 아님 사형을 당할지 내일 재판이 있을 거라고 말했다. 다음날 재판이 진행됐고, 주인공은 죄수복을 입고 수갑을 찬 채로 법정에 왔다. 재판장이 주인공을 보고 "당신은 죄가 있다고 생각합니까?"라고 물었다. 주인공은 당신들이 그렇게 말하면 나는 죄인일 수밖에 없지 않냐고 답했다. 재판장은 완전 사형감은 아니니까 20년 정도 감옥에서 살라고 하며 판결을 내렸다. 주인공이 감옥 가기 전에 할말이 하나 있다고 말했다. 재판장이 하고싶은 말을 해보라고 말했다. 주인공은 "나는 굉장히 외롭고 힘들게 인생을 살아왔고, 내 인생에서 가장 좋았고 행복했던 기억만 뽑아서 그 약물을 나는 만들었다. 그리고 나는 이 약물을 통해서 사람들을 도와주고 싶었고, 나처럼 마음 아프고 상처가 많은 과거를 가지고 있는 남자들과 남자 아이들을 도와주고 싶었을 뿐이다. 나는 나처럼 외롭고, 사회에서 소외당하고, 상처가 많은 남자들이 행복하길 바랐어요. 도와주고 싶었어요. 근데 어쩌다 보니까 이 자리까지 오게 되었고, 결국 나는 죄인이 되었어요.

나는 사람들을 도와주고 싶었어요. 물론 감옥에 가게 되었지
만, 재판장님이 봤을 땐 내가 정말 죄인으로 보이나요?"라고
재판장에게 물었다. 그리고 주인공은 고개를 숙였다.

이 이야기는 일본에서 있었던 일이다. 한 남자 아이가 있었다. 이 남자 아이의 이름은 '류스케'였다. 이 남자아이는 태어났을 때부터 몸이 굉장히 허약했고, 천식을 가지고 있었다. 키는 작은 편이었고, 몸은 말랐었다. 얼굴은 갸름했고, 잘생겼었다. 류스케의 집은 몹시 가난했고, 그는 엄마와 둘이 살았다. 류스케는 혼자 그림 그리는 것을 좋아했고, 학교에서는 항상 혼자서 시간을 보내곤 했다. 그는 학교에서는 친구가 한 명도 없었고, 매일같이 외로운 학교생활을 보냈다. 그러던 어느 날, 류스케가 다니는 고등학교에 어떤 전학생이 왔다. 이 전학생은 여학생이었는데, 이름은 '유이'였다. 유이는 평범하게 생겼었고, 그래도 예쁜 편이었다. 늘 혼자서 지내고 혼자 밥을 먹고, 혼자 시간을 보내는 류스케의 모습은 유이의 시선을 사로잡았다. 유이는 종종 류스케를 쳐다보곤 했다. 어느 날, 점심시간에 류스케가 혼자서 밥을 먹고 있길래, 유이는 류스케 앞으로 가서 앉았다. 유이는 류스케에게 악수하자는 듯이 자기 손을 내밀며, "안녕, 만나서 반가워. 나는 유이라고 해. 이 학교에 새로 온 전학생이야. 앞으로 친하게 지내자."라고 말했다. 류스케는 유이를 보더니, "안녕. 반가워. 나는 류스케야."라고 말했다. 유이는 류스케에게, "궁금한게 있는데, 너는 왜 매일 혼자 다녀?"라고 물었다. 류스케는 "나는 그냥 혼자가 편해. 학교에 맘에 드는 애도 없고…"라고 대답했다. 유이는, "그렇구나. 우리 앞으로 친하게 지내자."라고 말했다. 류스케도 "응. 그래"라고 말했다.

유이와 류스케는 친하게 지내기 시작했다. 학교에서도 매일 붙어 다녔고, 학교가 끝나면, 유이는 류스케의 집에 놀러가곤 했다. 유이는 류스케를 많이 좋아했다. 성격도 착하고 얼굴도 잘생겼다. 다만 한가지 아쉬운 점이 있다면, 류스케는 키가 조금 작고, 몸이 너무 허약하다는 것이었다. 날이 갈수록 유이와 류스케는 친해졌고, 둘은 막상 좋아하는 사이였지만, 서로 그냥 친구라고 생각하고 지냈다. 둘 다 서로 좋아한다는 사실은 인정하지 않았다. 어느 날, 유이는 충격적인 사실과 마주하게 되었다. 류스케가 교통사고로 세상을 떠났다는 것이다. 이 사실은 유이에게는 매우 충격이었고, 유이에게는 믿겨지지 않았다. 하지만 유이는 아무것도 할 수 없었다. 유이는 류스케와 보냈던 시간들을 생각하며, 매일같이 우울함 속에서 살아갔다.

그러던 어느 날, 세상을 떠난 류스케에게 좋은 곳으로 잘 가라는 얘기조차도 못했던 유이는 마음 속에 아쉬움이 남았고, 죽은 류스케를 기리며, 죽은 류스케에게 편지를 쓰기로 했다. 유이는 학교가 끝나고, 학교 주변에 있는 편지가게로 걸어가 편지지를 하나 사기로 했다. 그래서 유이는 학교가 끝난 후 바로 학교 주위에 있는 편지가게 안으로 들어갔다. 편지가게 안에는 아무도 없었다. 유이는 "여기 아무도 없어요?"라고 말했다. 그러자 누군가 "어서 오세요."라고 하며 2층에서 내려왔다. 내려온 사람은 남자였고, 키가 크고 말랐었다. 남자는 계산 카운터로 걸어오더니, "어떻게 도와드릴까요?"라고 말했다. 남자의 얼굴은 갸름했고, 콧대는 매우 높았다. 남자의 피부색은 엄청 하얬다. 남자는 어딘가 모르게 뭔가 불안해 보였고, 약간 정신 나간 사람 같아 보였다. 유이는 "편지지 하나 살 수 있을까요?" 라고 말했다. 남자는 "죄송한데, 오늘 편지지는 매진입니다." 라고 말했다. 유이는 "아! 그런가요? 그럼 다음에 또 올게요. 수고하세요"라고 말하고 편지가게를 나가려고 하는데, 그 남자 는 "잠깐"이라고 말하더니, 그 남자는 "사실 딱 한 개가 남아있 긴 해요. 그거라도 사시겠어요?"라고 물었다. 유이는 "네 그거 라도 살게요."라고 말했다. 남자는 검은색 편지지와 검은색 편 지봉투를 꺼내더니 유이에게 "여기요"라고 말했다. 유이는 편 지봉투와 편지지를 받더니, "감사합니다."라고 말했다. 남자는 유이에게 "이 편지지에 편지를 쓸 때에는 주의해야 할 점이 하 나 있어요."라고 말했다. 유이는 "그게 뭔데요?"라고 물었다. 남자는 유이에게 가까이 다가오더니, 유이의 검은 눈동자를 쳐 다보며, "이 편지지에는 절대로 죽은 사람에게 편지를 쓰면 안 돼요."라고 말했다. 유이는 "네 알겠어요."라고 말했다. 그리고 유이는 계산을 하려고 "얼마에요?"라고 물었는데, 남자는 "그 편지지는 공짜예요"라고 말했다. 그리고 덧붙여서 "죽은 자에 게는 절대로 이 편지지에 편지를 쓰지 마세요"라고 말했다. 유 이는 "알겠어요. 수고하세요"라고 말하고는, 편지가게를 나왔 다. 밖에서는 비가 내리고 있었다. 유이는 우산을 안 가져왔기 때문에 집까지 빠르게 뛰어갔다. 그날 밤이 되었고, 유이는 자기 침대에 누워서 잠을 자게 되었다. 그리고는 새벽 1시쯤 눈을 떴다. 다시 잠을 청하려고 하는데, 잠이 오지 않았다. 유이는 자기가 오늘 낮에 샀던 편지지가 떠올랐다. 유이는 침대에서 일어나, 죽은 류스케에게 편지를 쓰기로 했다. 유이는 낮에 그 남자가 자기에게 했던 말이 마음에 걸렸지만, 그냥 무시하기로 하고는 죽은 류스케에게 편지를 쓰기로 했다. 유이는 편지를 이렇게 썼다.

안녕! 류스케,

너를 먼저 떠나 보내서 미안해.

잘 지내? 보고싶어.

네가 학교에 없으니까 같이 놀 사람이 없어. 네가 그리워 류스케.

물론 가능하지는 않겠지만, 네가 살아 돌아왔으면 좋겠어

보고싶어, 류스케

잘 지내길 바래~

- 유이로부터 -

유이는 편지를 다 쓰고는 검은색 편지봉투에 편지지를 넣고는 책상 위에 올려 놓았다. 그리고 유이는 다시 침대에 누워 잠을

청했다.

다음날 아침이 되었고, 유이는 일어나서 주위를 둘러봤는데, 그 검은색 편지지와 편지봉투는 사라지고 없었다. 유이는 살짝 당황했지만, 어찌되었건 아침을 먹고 학교에 갔다. 학교에 도착해서 교실 안으로 들어갔는데, 학생들이 다 수군거리고 있었고, 교실 안이 떠들썩했다. 학교에는 전학생이 와 있었고, 전학생의 얼굴은 류스케와 정말 똑같이 생겼었다. 그러나 전학생은 키가 아주 컸고, 몸은 엄청 건강해 보였다. 온몸이 다 근육이었다. 체격도 매우 다부지고 좋았다. 꼭 무슨 운동선수 같았다. 유이는 그 전학생을 보더니 깜짝 놀랐다. 전학생의 얼굴이 류스케와 완전 똑같이 생겼기 때문이다. 유이는 문득 어젯밤에 자기가 썼던 그 편지가 떠올랐다. 하지만 유이는 대수롭지 않게 생각하고 그냥 넘겼다. 어찌되었건 유이는 학교생활을 계속 했고, 그 새로운 전학생은 유이를 모르는 것 같았다. 그 새로운 전학생의 이름은 '타다요시'였다. 타다요시는 반에서 인기가 엄청 많았고, 활발하고, 말이 많은 성격이었다. 남자 아이들도 타다요시를 좋아했고, 여자 아이들도 타다요시를 좋아했다. 타다요시와 같이 어울리며 지내는 남자 아이들이 있었는데, 그들은 질이 조금 안 좋았다. 어느 날, 학교에서 타다요시와 유이는 같이 그룹 프로젝트를 하게 되었고, 그들은 서로 알게 되었다. 그 둘은 서로 친해졌고, 한번은 타다요시가 자기 집에서 파티를 하는데, 유이를 초대했다. 유이는 타다요시의 집에 갔고, 시간은 저녁 8시였다. 타다요시의 집에서는 사람들이 술도 마시며 놀고 있었고, 매우 시끌벅적 했다. 그날은 토요일이었고, 다들 아주 즐겁게 놀고 있었다. 유이도 파티에서 사람들과 재미있게 놀았고, 어느정도 시간이 흘렀다. 갑자기 타다요시가 총을 꺼내더니, 총으로 자기 집 안에 있는 친구들을 마구 쏴대기 시작했다. 사람들은 다 기겁을 했고, 타다요시는 집에 있는 모든 출구를 다 잠갔다. 유이는 친구와 함께 위층 옷장에 들어가서 숨었다. 옷장 밖에서는 계속해서 총소리가 들렸고, 사람들의 비명소리가 들렸다. 유이와 그녀의 친구는 쥐 죽은 듯이 조용히 가만히 있었다.

누군가 밖에서 휘파람을 불며 그들이 있는 방 안으로 들어왔다. 그는 방 안을 이리저리 뒤지더니, "분명 누군가 여기로 올라가는 것을 봤는데, 씨발"이라고 말했다. 그는 갑자기 벌컥 하고 옷장 문을 열었다. 옷장 안에는 유이와 그녀의 친구가 부들부들 떨고 있었다. 옷장 문을 연 타다요시는 한 손에는 권총을 들고 있었고, 몸과 얼굴에는 피가 잔뜩 묻어 있었다. 타다요시는 유이를 보더니, "안녕, 유이?" 라고 말했다. 유이 옆에 있는 유이 친구가 타다요시에게 "너 도대체 뭐하는 놈이야?" 라고 부들부들 떨며 말했다. 타다요시는 유이 친구를 비웃더니, 권총으로 유이 친구의 머리를 쏴 버렸다. 사방에는 피가 튀었고, 유이에게도 피가 튀었다. 유이는 너무 놀라서 그대로 기절하고 말았다. 유이가 정신을 차려보니, 유이는 알몸 상태였고, 바닥에 벌러덩 누워있었다. 유이는 이상한 창고 같은 곳에 있었는데, 창고 안에는 소파가 하나 있었다. 그때 타다요시가 창고 문을 열고 들어왔고, 그는 하얀색 나시만 입고 있었다. 그는 담배를 피며 유이 쪽으로 걸어왔다. 그는 쪼그려 앉더니, 담배 연기를 유이의 얼굴에 뿜으며 "일어났네?"라고 말했다. 유이는 부들부들 떨며 일어나려고 했지만, 유이가 일어나려고 하는 순간, 타다요시는 칼을 꺼내더니, 유이 목에 가져다 댔다. 그리고는 유이에게 "그대로 누워있어. 일어나면 죽는다."라고 말했다. 타다요시는 유이의 겁먹은 얼굴 표정을 보고, 사이코처럼 낄낄 웃어 댔다. 유이는 부들부들 떨며, "나한테 왜 이러는 거야? 내가 뭘 어떻게 해줬으면 좋겠어?"라고 물었다. 타다요시는 유이에게 "난 네가 좋아. 항상 너를 갖고 싶었어. 오늘 밤만 나의 장난감이 되어줘." 라고 말했다. 타다요시는 갑자기 바지를 벗은 후, 입고 있던 옷을 다 벗었다. 그는 들고 있던 칼을 유이 옆에 내려놓은 다음, 유이의 몸을 미친듯이 만져대기 시작했다. 그리고 혀로 유이의 몸을 핥아 대기 시작했다. 유이는 고통스러워하며, 고개를 돌려서 타다요시의 칼을 봤다. 타다요시가 유이와 성관계를 나누려고 하는 순간, 유이는 자기 옆에 놓여있는 타다요시의 칼을 잡더니, 그 칼로 있는 힘껏 타다요시의 목을 찔렀다. 타다요시는 고통스러워하며 자기 목을 손으로 잡았고, 그의 목에서는 피가 흘러나왔다. 유이는 누워있는 상태로 비명을 지르며 칼로 타다요시의 온 몸을 미친듯이 찔러 대기 시작했다. 타다요시의 온몸에서 피가 흘러나오기 시작했고, 그의 피는 유이에게 엄청나게 튀었다. 타다요시는 고통스러워하며, 유이에게서 떨어진 다음, 비틀거리며 바닥에 쓰러졌다. 유이는 온몸에 피가 묻은 채 한손에는 칼을 들고, 바닥에 몇 분 동안 그렇게 누워있었다. 그렇게 몇 분이 흘렀고, 유이는 천천히 일어났다. 그녀는 들고 있던 칼을 바닥에 떨구었다. 유이는 몸을 부르르 떨며, 주위를 둘러보았다. 타다요시는 결국 죽었고, 사방은 피투성이였다. 유이는 혼자서 "씨발, 좆됐다"라고 말했다. 유이는 몸을 떨며 죽어 있는 타다요시 쪽으로 걸어가 그의 시체를 보며 잠시 생각에 빠졌다.

유이는 일단 창고 밖으로 나갔다. 창고밖에는 자동차가 한 대 있었고, 땅에는 삽이 하나 박혀 있었다. 그 삽은 타다요시가 유이를 죽이고 나서 땅에 묻을 때 쓰려고 준비해논 삽 같았다. 유이는 어쩔 줄 몰라 했다. 유이는 혼자서 "씨발, 돌아버리겠네"라고 말했다. 유이는 다시 창고 안으로 들어가 타다요시의 시체를 창고 밖으로 끌고 나온 다음, 꾸역꾸역 애써서 땅을 팠다. 그리고는 타다요시의 시체와 칼을 땅에 묻었다. 그러나 완벽하게 묻은 것이 아니라 대충 묻은 것이었다. 유이는 헐떡거리며, 주위를 둘러보았다. 주위에는 딱히 아무도 없었다. 유이는 들고 있던 삽으로 거기 있던 차의 창문을 있는 힘껏 쳐서 부쉈다. 그리고는 차의 문을 열었다. 차 안에는 키가 꽂혀 있었다. 유이는 삽을 바닥에 떨군 다음, 차에 탔다. 그녀는 차를 운전하려고 했는데, 아직 운전이 익숙하지 않았다. 그래서 다시 차에서 내린 다음, 삽을 들고 창고 안으로 들어갔다. 유이는 삽을 창고 안에 꽁꽁 숨겼다. 그리고 나서는 미친듯이 집으로 뛰어 갔다. 그런데 유이는 처음 와 본 장소라서 자기가 어디 있는지 알 수가 없었다. 뛰쳐나온 유이는 도로 한복판에 서 있었다. 그때 마침 택시 한 대가 와서, 택시를 탈 수 있었다. 그녀는 온몸에 피가 묻은 채로 택시에 탔고, 택시 기사에게 자기 집 주소를 말했다. 거기로 가 달라고 했다. 택시 기사는 남자였고, 그는 유이를 바라보더니, 얼굴에는 오싹한 미소를 지었다. 그리고 다시 앞을 보더니, 자기 혼자서 낄낄 웃었다. 택시기사는 유이를 그녀의 집 앞으로 데려갔고, 유이에게 돈은 안 내도 된다고 했다. 유이는 허겁지겁 택시 밖으로 나와, 자기 집 안으로 들어갔다. 유이는 샤워부터 미친듯이 했다. 그리고 나서 옷을 입은 다음, 냉장고 문을 열더니, 물을 꺼내서 미친듯이 마셔 댔다. 그때 유이의 부모님이 집 안으로 들어왔고, 유이는 그 소리를 듣자마자 자기 방 안으로 뛰어 들어가 침대에 누웠다. 유이의 부모님은 침대에 누워있는 유이를 보더니, "자는구나, 유이"라고 말하고는 이불을 덮어주었다. 그리고는 유이의 방 문을 닫아주었다. 유이는 침대에서 일어나, 화장실로 들어간 다음 샤워를 한번 더 했다.

다음 날 아침, 유이는 경찰에 신고를 해서, 어제 오후에 타다요시의 집에서 일어났던 일들을 경찰에게 말했다. 물론 자기가 타다요시를 죽였다는 말은 절대 하지 않았다. 타다요시가 집에서 총을 다른 사람들에게 쐈다는 것은 경찰에 의해 밝혀졌고, 이 일로 인하여 유이의 학교는 2주 동안 쉬게 되었다. 유이가 뒤늦게 알아차렸는데, 자기를 집에 데려다 준 택시기사가 무언가 조금 이상했다. 자기는 알몸이었고, 온몸에 피가 묻어 있었다. 그런데 택시기사는 자기를 보고 그저 웃기만 했다. 그리고 왜 돈을 받지 않았는지도 궁금했다. 그리고 택시기사의 얼굴이 어딘가 모르게 낯이 익었다. 곰곰이 잘 생각해 보니, 그 택시기사의 얼굴은 자기가 학교 근처의 편지가게에서 봤던 남자와 똑같이 생겼었다. 유이는 갑자기 온몸에 소름이 돋았다. 어쨌든 2주가 지났고, 다시 학교가 시작되었다. 유이의 머릿속에는 문득 류스케 생각이 떠올랐다. 유이는 류스케가 보고 싶었고, 류스케를 그리워했다. 그래서 유이는 이번에는 다른 편지가게에 가서 류스케에게 쓸 편지지와 편지봉투를 산 다음 류스케에게 또 한번 편지를 썼다. 다음 날 유이는 학교에 갔고, 학교에는 또 다른 새로운 전학생이 와 있었다. 전학생의 외모는 타다요시의 외모와 완전히 똑같았다. 마치 복제인간처럼… 하지만 그는 타다요시가 아니었다. 그의 이름은 "혼다"였다. 학교가 또 떠들썩해졌다. 혼다를 본 유이는 깜짝 놀랐다. 그래서 유이는 화장실로 달려가 찬물로 세수를 하고, 거울에 비친 자기 자신의 모습을 보았다. 거울에 비친 유이의 모습은 유이가 아닌 류스케의 모습이었다.

미씽 (Missing)

이 이야기는 태국에서 있었던 일이다. 태국인인 한 청년이 있었다. 이 청년은 태국의 어느 한 작은 마을에 살고 있었고, 전형적인 훈남이었다. 나이는 20대 후반이었고, 키도 꽤 컸다. 그는 미혼이었으며, 말랐고, 호리호리했다. 그리 활발한 성격은 아니었는데, 그래도 매너가 좋고 사람이 착해서 그 마을에서 이 청년을 싫어하는 사람은 딱히 없었다. 이 청년은 매우 부지런했고, 식당에서 종업원으로 일했다. 이 청년은 영화보는 것을 좋아했고, 조깅하는 것도 좋아했다. 이 청년은 평일에는 자기가 일하는 식당에서 일했고, 그리고 주말에는 쉬었다.

어느 날, 그는 자기와 친한 친구에게 로부터 요즘 이 마을에서 인기있는 식당 하나를 소개받았다. 그는 처음에는 별로 관심이 없었고, 그 식당에는 가보지 않으려고 했는데, 주말에 딱히 할 것도 없고 해서, 한번 그 식당에 가보기로 결정했다. 식당에 가보니, 식당은 평범한 식당이었고, 뭐하나 특별할 게 없었다. 그는 이 식당이 요즈음 유행하는 식당이라고 하니까, "그냥 한번 가보지 뭐!" 라고 생각하며 식당 안으로 들어갔다. 식당 안에는 사람들이 꽤 있었고, 분위기는 나쁘지 않았다. 그는 결국 테이블 하나를 잡아 앉은 다음에, 음식을 주문하고, 잠시 혼자 멍 때리며 음식이 나오기를 기다렸다. 그렇게 몇 분이 지났고, 옆에서 누군가 자기에게 "우리 식당에 오신 것을 환영합니다. 좋은 시간 보내세요" 라고 말했다. 그는 옆을 돌아봤는데, 거기에는 어느 여인이 서 있었고, 흰색 셔츠와 흰색 바지를 입고 있었고, 엄청 말라보였다. 여인의 모습은 마치 무슨 옛날 중국 드라마에서나 볼 수 있을 것 같은 모습이었다. 여인의 모습은 굉장히 독특했고, 어떻게 보면, 어딘가 모르게 무언가 불쌍해 보이기도 했다. 여인은 자기 얼굴에 미소를 짓더니, 그 청년을 빤히 쳐다봤다. 그 청년도 이 여인에게 웃으며 인사를 하고, 다시 앞을 보았다. 또 잠시 그렇게 멍 때리고 있었는데, 누군가 자기 옆에 서 있는 것 같은 느낌이 들어서, 다시 옆을 봤더니, 그 여인이 얼굴에 미소를 띤 채로 아직도 자기 옆에 서 있었다. 그 청년은 살짝 깜짝 놀랐다. 그 청년은 여인을 보더니 다시 인사를 했다. 그 순간에 자기가 주문했던 음식이 나왔고, 그는 밥을 먹을 준비를 했다. 밥을 조금 먹다가, 다시 옆을 보았는데, 그 여인은 사라지고 없었다. 청년은 식당 안을 이리저리 둘러봤는데, 그 여인은 더 이상 보이지 않았다. 청년은 대수롭게 생각하지 않고, 식사를 마친 후, 계산을 하고, 식당 밖으로 걸어 나왔다.

그 식당의 음식은 엄청 맛있었다. 다음 날 또 그 식당에 와서 밥을 먹었다. 이번에도 그 여자 종업원을 봤고, 그 여자 종업원은 이 청년을 볼 때마다 매우 반가워 하며, 잘 대해 주었다. 그 청년은 이 여자 종업원이 잘 해줘서 기분은 좋았지만, 자기에게 왜 잘해주는지 궁금하긴 했다. 그 식당의 음식이 맛있어서 그 식당에 자주 가게 되었고, 그 여자 종업원도 그 식당에서 자주 마주쳤다.

어느 날, 마을이 시끌벅적 해졌다. 그 마을에서 그 여자 종업원이 실종되는 사건이 발생했다는 것이다. 그 여자 종업원은 마을 어디에도 없었고, 그 여자 종업원의 집에는 그 여인의 짐들이 다 그대로 있었다. 그 여자 종업원은 그렇게 사라진 채, 4년동안 그 마을에 나타나지 않았다. 처음에는 마을이 시끌벅적하고, 이 여자 종업원에 대해 말이 많았지만, 시간이 지날수록 그 일은 잊혀 갔고, 결국 사람들은 그 일에 대해 무관심해져 갔다. 청년은 그 여자 종업원이 어디로 갔는지 매우 궁금해했다. 청년이 식당에 갈때마다 그 여자 종업원이 청년에게 너무 잘 해줬기 때문에 청년은 그 여자 종업원이 매우 인상깊게 느껴졌다. 그 청년은 자기가 그 여자 종업원을 한번 찾아보기로 결정하고, 그 식당에 가서 그 여자 종업원의 집이 어디인지를 물어봤다. 4년 전에 그 여자 종업원하고 같이 일했던 다른 여자 종업원이 담배를 피며, 여기라며, 그 여자 종업원의 집 주소를 종이에 적어주었다. 그 청년은 그 다른 여자 종업원에게 그 여자가 사라지기 전에 어땠는지를 물어봤다. 그 다른 여자 종업원은 기억이 안 난다며, "그 친구는 매번 똑같았어요" 라고 말했다. 어찌됐건 간에 그 청년은 종이에 적힌 주소를 보고, 그 여인의 집까지 찾아갔다.

그 여인의 집에 도착했을 때, 그 여자의 집은 허름했고, 지저분해 보였다. 청년은 그 집의 문을 두드렸다. 청년은 "거기, 안에 누구 있어요?" 라고 물었다. 안에서는 아무 대답이 없었다. 문이 열려 있길래 청년은 문을 열고, 그냥 안으로 들어갔다. 집 안은 난장판이었고, 사방에 공책들이 흩어져 놓여 있었다. 벽에는 어떤 여인의 그림이 그려져 있었는데, 그 그림에 있는 여인은 참 무섭고 오싹하게 생겼었다. 그는 공책 하나를 펼쳐보더니, 공책 안에 어떤 내용이 적혀 있는지 보았다. 공책은 마치 일기장 같았다. 그 공책에는 이런 내용이 적혀 있었다.

[안녕. 쏨차이, 오늘도 너에게 편지를 쓰네. 네가 나를 싫어하는 거 알아. 하지만, 나는 네가 참 좋아. 너는 나에게 관심이 없겠지만, 나는 항상 네 생각을 하고 있어. 솔직히 나는 네가 나를 왜 싫어하는지 모르겠어. 네가 애들에게 당하는 모습을 보면, 너무 가슴이 아파. 너를 지켜주고 싶어. 잘 자~ 에이샤 로부터] 라고 쓰여 있었다.

청년은 그 공책에 쓰여 있는 그 글을 빤히 쳐다봤다. 그리고는 청년은 다시 방 전체를 훑어보았다. 그때 방 안으로 누군가 들어오는 소리가 들렸고, 어떤 남성이 방 안으로 들어왔다. 그 남성은 키가 매우 작고 말랐으며, 몸에는 문신이 많았다. 그 남자는 팔 전체가 다 드러나는 검은색 나시만 입고 있었고, 험악하게 생겼었다. 그 남자는 청년에게 "당신 뭐야?"라고 말했다. 청년은 공책을 내려 놓더니, "안녕하세요? 저는 이 집에 살던 사람 친구인데, 여기 살던 사람 혹시 어디 갔는지 아세요?"라고 말했다. 그 나시를 입고 있는 남자는 방 안을 한 번 훑어보더니, 청년에게 "나가주세요." 라고 말했다. 청년은 남자에게 인사를 하고, 그 방 안에서 나왔다. 청년은 밖으로 나와보니, 그 집 앞에는 오토바이 한 대가 세워져 있었다. 청년은 그 남자에게 "이거 당신 바이크인가요?" 라고 물었다. 그 남자는 청년을 보더니, "니 알바 아니잖아. 꺼져 임마." 라고 말했다. 청년은 그냥 뒤돌아서 자기 갈 길을 갔다.

청년이 떠나자, 그 나시를 입고 있는 남자는 자기 핸드폰을 꺼내, 누군가에게 전화를 걸었다. 전화를 받은 남자에게 그 남자는 말했다. "이봐요 보스" 그랬더니, 전화를 받은 사람이 말했다. "또 뭐야 씨발놈아? 또 무슨 좆 같은 일이야?" 그 나시를 입고 있던 남자는 담배를 꺼내 피며, "보스, 누군가 그녀의 집에 있었어요. 어떤 남자가요." 라고 말했다. 전화를 받은 사람은 엄청 돈이 많은 부자 깡패 두목이었고, 그의 이름은 "쌉파롯" 이었고, 그에게 전화를 건 그 나시 입은 남자 부하의 이름은 "따완"이었다. 쌉파롯은 "뭐라고 씨발? 어떤 남자가 있었다고? 누군데? 아는 사람이야?" 라고 말했다. 따완은 "아니오, 처음 본 녀석이에요. 누군지는 저도 몰라요." 라고 말했다. 쌉파롯은 "너는 도대체 아는게 뭐냐? 씨발. 어쨌든 그녀의 집에 있었다고?" 라고 말했다. 따완은 담배를 피며, "네. 그녀의 집에 있었어요. 어떻게 할까요?" 라고 말했다. 쌉파롯은 "일단 그 자식 따라가 봐. 그 자식이 어디로 가는지 따라가서 그 자식이 있는 곳을 나한테 사진 찍어서 보내." 라고 말했다. 따완은 "알겠어요 보스." 라고 말했다. 따완은 담배를 바닥에 떨군 다음 그 청년을 미행했다. 그 청년은 자기 집으로 걸어갔고, 그리고 는 자기 집 안으로 들어갔다. 그 청년이 집 안으로 들어가자, 따완은 청년의 집 문 앞에 서서, 청년의 집 문을 핸드폰으로 사 진 찍었다. 그리고 따완은 집 주변도 핸드폰으로 사진을 찍었 다. 그리고 따완은 자기가 찍은 사진들을 쌉파롯에게 보냈다. 쌉파롯은 사진들을 보더니, 따완에게 전화를 걸어서 말했다. "여 기 아는 곳이야?" 따완은 "저도 처음 와 봐요." 라고 말했다. 쌉파롯은 "그 자식이 누구 건 간에 그녀의 집에 있었다는 게 뭔 가 거슬려. 그녀랑 관련이 있을 수 있으니까 내가 거기로 애들 을 보낼게." 라고 말했다. 따완은 "알겠어요 보스."라고 대답했 다. 청년의 집은 4층에 있었고, 따완은 1층까지 내려와서 밖으 로 나갔다.

몇 분 뒤에, 엄청나게 커다란 오토바이를 탄 사람들 네 명이 그 청년이 사는 집 근처로 왔고, 남자 넷은 모두 검은색 가죽 자켓 을 입고 있었다. 그들은 모두 헬멧을 쓰고 있었는데, 그 헬멧 을 벗었다. 그들은 총 네 명이었고, 모두 남자였다. 그들 중 한 명이 따완에게 말했다. "안녕, 따완." 따완도 그들에게 말했다. "안녕, 뱅크." 뱅크는 머리가 길었고, 얼굴은 갸름하고 잘 생겼 다. 뱅크는 따완에게 "여기야?"라고 물었다. 따완은 "여기 맞 아. 이 건물 4층 402호야. 가서 조져버려." 라고 말했다. 뱅크 는 얼굴에 사악한 미소를 짓더니, 자기 주머니에서 길고 뾰족

한 칼을 꺼냈다. 뱅크는 다른 애들에게, "얘들아 시작하자" 라고 말했다. 뱅크와 나머지 세 명의 남자들은 4층까지 올라가서 그 청년이 살고 있는 집의 초인종을 눌렀다. 그리고 다들 문 옆으로 비켜섰다. 문이 열렸다. 뱅크와 세 명의 남자들은 모두 다 칼을 들고, 그 청년의 집 안으로 들어갔다. 청년의 집 문이 닫혔다. 집 안에는 아무도 없었다. 이리저리 둘러보고, 어떤 방에 들어갔는데, 그 방에 청년이 웃통을 까고, 팬티만 입은 채로 소파에 앉아서 담배를 피며, TV를 보고 있었다. 청년은 TV를 끄더니, 피던 담배를 바닥에 떨구었다. 청년은 네 명의 남자를 보더니, "도와드릴까요?" 라고 말했다. 뱅크는 웃으며, "우리 보스가 네 모가지 따오래. 미안하게 됐어." 라고 말했다. 그리고 뱅크는 청년에게 다가와 청년의 목을 칼로 찔렀는데, 청년은 잽싸게 자기의 팔로 뱅크의 칼을 든 팔을 잡았다. 청년은 아직 칼에 찔리지 않았다. 청년은 뱅크의 얼굴을 바라보더니, "지금 가면 용서해 줄게" 라고 말했다. 뱅크는 칼로 그 청년을 찌르려고 안간힘을 썼다. 그 청년은 뱅크의 팔을 꽉 잡더니, 순식간에 뱅크의 팔을 부러뜨렸다. 그리고 청년은 TV 리모컨을 자기의 손에 잡더니, 뱅크의 이마를 TV 리모컨으로 뽀개 버렸다. 뱅크는 피를 흘리며, 비명을 지르면서 땅에 주저 앉았다. 뒤에 서 있던 다른 남자들 중에 한 명이 칼을 꺼내더니, 청년에게 다가왔다. 청년은 뱅크의 칼을 뺏더니, 순시간에 칼을 들고 있던 남자의 목을 따버렸다. 사방에 피가 튀었다. 뒤에서 있던 남자 두 명은 깜짝 놀랐다. 두 남자 중에 한 명이 총을 꺼내더니, 청년에게 겨누었다. 그 남자는 "너 뭐야 씨발" 이라고 말했다. 청년은 들고 있던 칼을 떨구더니, 잽싸게 그 남자가 들고 있던 총을 빼앗아서 두 남자를 총으로 몇 발씩 쏴서 죽였다. 청년은 총을 식탁 위에 올려 놓더니, 담배를 꺼내서 피웠다. 뱅크는 비틀거리면서 바닥에서 일어났다. 뱅크는 총을 꺼내더니, 청년에게 겨누었다. 뱅크의 이마에서는 피가 흘러내리고 있었고, 뱅크는 온 몸을 부들부들 떨고 있었다. 청년은 자기가 피고 있던 담배를 뱅크의 얼굴에 던지더니, 잽싸게 뱅크에게 달려와 뱅크를 덮쳐서 넘어뜨렸다. 뱅크는 허공에 총을 발사하며 넘어졌다. 청년은 뱅크 위에 올라탄 다음, 주먹으로 뱅크의 얼굴을 몇 대 갈겼다. 그리고 청년은 뱅크의 총을 뺐더니, 뱅크의 총으로 뱅크의 머리를 쏴서 그의 머리를 터뜨려 버렸다. 사방에 피가 튀었고, 청년의 얼굴에도 피가 튀었다. 청년은 바닥에 침을 뱉었다. 청년은 자기 주머니에서 손수건을 꺼낸 다음, 자기 얼굴에 묻어 있는 피를 닦았다. 청년은 손수건을 바닥에 떨구고, 주위를 둘러보았다. 네 명의 남자들은 모두 다 죽었다. 청년은 또 담배 한 대를 꺼내서 피웠다. 그리고 청년은 자기 집 밖으로 걸어 나갔다. 그리고는 그는 1층으로 걸어 내려왔다.

밖에서는 따완이 담배를 피며 기다리고 있었다. 따완은 청년을 보더니, "뭐야 씨발" 이라고 말했다. 청년은 따완을 보더니,

어이가 없다는 듯이 따완을 비웃었다. 청년은 자기 주먹으로 따완의 코를 갈겨서 그의 코를 부러뜨려 버렸다. 따완은 신음 소리를 내며 바닥에 주저 앉았다. 청년은 따완의 머리채를 잡 더니, 4층까지 따완을 질질 끌고 올라갔다. 그리고 그는 자기 집 안으로 따완을 끌고 들어갔다. 그는 담배를 피며 따완에게 "누가 보냈어?"라고 물었다. 따완은 "그걸 네가 알아서 뭐하 게 병신아"라고 말했다. 청년은 자기가 피고 있던 담배로 따완 의 뺨을 지졌다. 따완은 고통스러워 했다. 청년은 따완에게 다 시 물었다. "누가 보냈어?" 그러자 따완은 청년을 보더니, "너 도대체 뭐야 씨발"이라고 말했다. 청년은 담배 연기를 따완의 얼굴에 뿜으며, "너를 보낸 자에게 나를 데리고 가."라고 따완 에게 말했다. 청년은 따완을 일으켜 세운 다음, 집 밖으로 나갔 고, 둘은 따완의 오토바이에 탔다. 청년이 따완의 뒤에 탔고, 청년은 따완에게 자기를 보낸 자에게 데리고 가라고 했다. 따 완은 몸을 부들부들 떨며, 오토바이를 몰고, 자기 갱의 기지로 갔다. 따완이 속해 있는 갱의 기지는 엄청나게 큰 저택이었고, 저택 안에서는 갱단의 보스 쌉파롯이 가슴과 엉덩이가 엄청 크 고 몸매가 육덕진 여자와 쌍욕을 하며 아주 격렬하게 항문섹스 를 나누고 있었다. 그는 성관계가 다 끝난 다음 자기 손바닥으 로 여자의 엉덩이를 찰싹! 하고 쳤다. 그리고 그는 "역시 태국 여자들이 내 입맛에 맞아"라고 말하며 껄껄 웃었다. 그때 부하 가 그의 이름을 불렀고, 그에게 "밖에 누가 왔어요"라고 말했다. 쌉파롯은 창가로 다가가 밖에 누가 왔는지 봤다. 쌉파롯은 옴 몸이 다 문신이었고, 얼굴과 머리에도 문신이 있었다. 쌉파롯은 대머리였다.

쌉파롯은 저택 밖으로 나간 다음, 오토바이를 타고 온 따완과 청년을 보더니, "이건 또 뭐야 씨발" 이라고 말했다. 쌉파롯은 인상을 쓰며 따완을 쳐다봤다. 따완은 오토바이에서 내려, 쌉파롯에게 걸어온 다음, 고개를 숙이며, "죄송합니다. 보스" 라고 말했다. 쌉파롯은 자기 고개를 절레절레 흔들며 "이런 좆도 쓸데없는 놈" 이라고 따완에게 말했다. 그리고 그는 그의 부하에게 자기 총을 가져오라고 했다. 부하가 자기에게 자기 총을 가져오자, 그는 자기 총을 잡더니, 자기 총으로 따완의 머리를 쏴서 따완의 머리를 터뜨려 버렸다. 그는 "좆같은 놈" 이라고 말했다. 따완의 몸은 바닥에 쓰러졌다. 쌉파롯은 그의 부하들에게 따완의 시체를 자기 손가락으로 가리키며, "이거 가져가" 라고 말했다. 쌉파롯의 부하들은 따완의 시체를 질질 끌고 저택 안으로 들어갔다. 쌉파롯은 청년을 바라보더니, "꺼져, 임마" 라고 청년에게 말했다. 그리고는 뒤돌아서 저택 안으로 들어가려고 하는데, 청년은 "잠깐" 이라고 말했다. 쌉파롯은 다시 뒤돌아 청년을 보더니, "뭐 임마. 너는 또 나한테 원하는게 뭐야? 이 씨발놈아" 라고 청년에게 말했다. 청년은 쌉파롯에게 다가오더니, "당신이 이 집단 보스요?" 라고 물었다. 쌉파롯은 청년을 보더니, "그럼 네 눈깔엔 내가 뭐로 보이냐? 네 엄마로 보이냐?"라고 말했다. 청년은 쌉파롯에게 "당신 부하들이 왜 그 집에 있었던 거요?"라고 물었다. 쌉파롯은 "야 이 씨발놈아, 그건 내가 너한테 물어보고 싶은 질문이다. 너야 말로 그 집에서 뭐 하고 있었냐?"라고 말했다. 청년은 "그 집은 사실 내가 알던 사람이 살던 곳입니다. 그 사람이 이 동네에서 갑자기 사라졌어요. 그 사람의 집에 가봤더니, 그 사람의 집은 난장판이었어요. 혹시 뭐 아는 것 있으세요?"라고 말했다. 쌉파롯은 청년에게 "내 부하들은 어떻게 됐어?"라고 물었다. 청년은 무뚝뚝한 표정으로 "제가 다 죽였어요"라고 말했다. 쌉파롯은 청년에게 다가오더니, 똘끼찬 눈빛으로 청년을 바라봤다. 쌉파롯은 청년에게 "이 자식 이거 맘에 들어."라고 말했다. 그리고 그는 덧붙여서, "너 앞으로 내 밑에서 일해라. 돈 많이 줄게."라고 말했다. 쌉파롯은 "일단 안으로 들어가지."라고 말하고는 청년을 데리고 저택 안으로 들어갔다.

저택 안은 굉장히 화려했고, 천장에는 커다란 샹들리에가 걸려 있었다. 쌉파롯은 거실에 있는 커다란 소파에 앉더니, 청년을 보고 담배를 피며, "너 도대체 뭐하는 놈이야?"라고 말했다. 쌉파롯은 청년에게 "너에게 무슨 일이 있었고, 너는 여기 왜 있지?"라고 물었다. 청년은 "아까도 말했듯이, 내가 알던 사람이 실종이 되었고, 그 사람 집에 가봤더니, 당신 부하를 만났고, 결국에는 이렇게 된거지"라고 말했다. 쌉파롯은 낄낄 웃으며 청년에게 소파에 앉아 보라고 했다. 청년이 소파에 앉자, 쌉파롯은 청년에게 "이봐 쏨차이, 정신차리게. 이 동네에선 그 누구도 실종이 되었던 적이 없어. 내 부하들이 자네를 죽이려고 했던 적도 없어. 아직도 모르겠나? 이건 모두 자네의 상상일세 쏨차이. 쏨차이 자네는 특수부대를 나왔고, 어린시절 엄청난 학교 폭력을 겪었지. 그리고 자네는 요즈음은 식당에서 종업원으로 일하고 있지. 자네가 어렸을 때 겪었던 학교 폭력이 자네에게 준 정신적 충격 때문에 자네는 망상에 시달리게 된 것일세. 자네는 그저 평범한 일반인일세. 특수부대를 나왔고, 어릴 때 엄청난 학교폭력을 겪었고, 현제 식당에서 종업원으로 일하고 있다는 것은 사실이지만, 자네는 그 누구도 죽인 적이 없네. 다 자네의 상상일세. 자네 눈에는 지금 여기가 어디로 보이나?" 청년은 주위를 둘러보더니, 쌉파롯에게 "저택이요"라고 말했다. 쌉파롯은 껄껄 웃으며, "쏨차이, 여긴 병원일세. 나는 자네의 담당 의사 쌉파롯이고. 자네는 여기 온지 한달이 되었네. 쏨차이, 이제 그만 자네의 상상 속에서 벗어나도 된다네. 자네의 망상과 현실은 다른 것이라네." 청년은 온 몸에 소름이 돋았다. 쌉파롯은 청년에게 "상담 시간이 끝났네. 이제 그만 가보게." 라고 말하고 얼굴에 미소를 지었다. 청년은 주위를 둘러보더니, 결국에는 자기 집으로 다시 돌아갔다. 집 안은 깨끗했고, 그 누구도 죽은 흔적이 없었다. 청년은 자기 집으로 들어가 거울에 비친 자기 자신의 모습을 쳐다봤다. 청년에게 옛날의 기억이 돌아왔다. 청년은 혼자서 생각했다. '그때 나는 심하게 학교 폭력을 당했었고, 에이샤도 나랑 같이 학교 폭력을 당했었지. 에이샤는 나를 지켜주려고 했었고, 우리 둘 다 그때 무척 힘들었었지. 에이샤, 아직 살아 있다면, 너는 어디에 있니?' 청년은 거울에 비친 자기 자신의 모습을 빤히 바라봤고, 청년의 두 눈에는 눈물이 고였다.

브래드는 잠에서 깨어났다. 잠을 잘 자서 그런지 정신이 개운했다. 브래드는 자기 침대에서 팬티만 입은 채로 이불을 덮고 누워있었다. 브래드는 고개를 돌려서 시계를 봤다. 오전 9시 30분이었다. 그는 일어나 화장실로 들어가서 씻고 나왔다. 그리고 그는 옷을 차려 입고, 집 밖으로 나갔다. 브래드는 미혼이었고, 훈남이었다. 그러나 친구는 한 명도 없었다. 무엇보다 성격이 좆 같은 것이 문제였다. 그는 야동을 보는 것을 무척 좋아했고, 담배를 피는 것도 좋아했다. 그리고 가끔씩 운동도 즐겼다. 브래드는 현역 복싱선수다. 그리고 자기 체급에서는 챔피언이었다. 그는 특별히 잘하는 것은 별로 없었지만, 복싱을 해서 그런지 싸움 하나만큼은 존나게 잘했다. 그리고 정력도 좋았다. 브래드는 성격은 좆같았지만, 그래도 나름 남성적인 매력이 있어서, 창녀들에게 인기가 존나게 많았다. 보통 창녀들은 돈을 받고 자기 몸을 파는데, 그와 반대로 창녀들이 브래드에게는 돈을 주고 자기 몸을 주었다. 브래드는 섹스할 때 항상 콘돔을 사용했다. 그는 온몸이 다 근육이었고, 등에는 커다란 용 문신이 있었다.

브래드는 집 밖으로 나와 담배 한대를 피웠다. 그날따라 햇볕도 쨍쨍하고 날씨가 참 좋았다. 브래드가 뒤늦게 알아차렸는데, 자기 자신의 어린시절과 자기 자신의 과거가 떠오르지 않았다. 그는 일단 대수롭지 않게 생각하고는 식당으로 가서 밥을 먹었다. 밥을 먹고 있는 도중에, 어느 여자 종업원이 브래드 앞에 와서 앉더니, 그에게 말을 걸었다. "안녕, 브래드. 오늘은 밥 먹고 어디가?"라고 물었다. 브래드는 스테이크를 잘근잘근 씹어 먹으며, "글쎄 씨발… 오늘은 나도 아무 계획이 없네." 라고 말했다. 그 여자 종업원의 이름은 에밀리였다. 에밀리는 가슴과 엉덩이가 매우 컸고, 몸매는 아주 육덕졌다. 그녀는 창녀였으며, 식당에서는 알바로 일하고 있었다. 브래드는 "그나저나 에밀리, 나 요즘 조금 이상해. 내 과거가 하나도 생각이 안나. 아예 내 과거가 없었던 것처럼. 나 왜 이런 걸까? 나 좀 도와줘." 라고 말했다. 에밀리는 껄껄 웃으며, "네 과거가 아예 기억이 안 난다고? 글쎄, 왜 그럴까? 내가 기억나게 도와 줄게. 그 대신 너도 나에게 뭔가를 줘야 해." 라고 말했다. 브래드는 "그게 뭔데?" 라고 물었다. 에밀리는 웃으며, "지금 여자 화장실로 나를 따라와" 라고 말했다. 브래드는 스테이크를 먹다 말고, 에밀리를 따라 여자 화장실 안으로 따라 들어갔다. 여자 화장실 안에서, 에밀리와 브래드는 존나게 격렬한 성관계를 나누었다. 그리고 나서 그 둘은 다시 화장실 밖으로 나와서, 둘이 앉아있던 자리로 돌아갔다. 브래드는 먹던 스테이크를 마저 먹었다. 에밀리는 "브래드, 그러니까 너의 과거가 기억이 안 난다고?" 라고 말했다. 브래드는 "나도 최근 들어서 알아차렸는데, 내 어린 시절이랑 나의 젊은 시절들의 기억이 아예 없어. 왜 그런 걸까? 내 머리가 병신인가?" 라고 말했다. 에밀리는 브래드 앞에 앉아서 담배를 피며, "글쎄…네가 복싱을 하면서 하도 쳐 맞아서 그렇게 된 것이 아닐까?"라고 말했다. 브래드는 "그건 아닌 것 같아. 옛날 기억들이 정말 좆만큼도 없다고."라고 말했다. 에밀리는 담배 연기를 뿜으며, "근데 그걸 왜 기억하고 싶은 건데? 기억하고 싶은 이유가 있어?"라고 말했다. 브래드는 "그냥 뭔가 조금 이상해서 그래. 나도 내가 어떤 사람인지 정확하겐 모르겠단 말야."라고 말했다. 에밀리는 "언제부터 이런 생각이 들기 시작했어?"라고 물었다. 브래드는 "글쎄…기억이 잘 나지는 않지만, 한 한달 전…"이라고 말했다. 에밀리는 "그럼 한달 전에 네가 뭘 했었고, 어디를 갔었는지 그것부터 알아 봐야겠네."라고 말했다. 브래드는 "그래야 겠네"라고 말했다.

밤이 되었고, 브래드는 자기 집으로 돌아왔다. 브래드는 자기가 한달 전에 무엇을 했는지 곰곰이 생각해 보았다. 하지만 아무리 머리를 짜서 생각을 해봐도 아무런 기억이 없었다. 브래드는 자기의 핸드폰 통화기록을 확인하기 시작했다. 핸드폰 통화기록을 확인하던 중, 처음 보는 번호를 발견했다. 브래드는 그 전화번호로 전화를 걸어봤다. 누군가 전화를 받았고, 전화를 받은 사람은 "안녕하세요!"라고 말했다. 브래드는 "여보세요. 이거 누구죠?"라고 말했다. 전화를 받은 사람은 바로 전화를 끊어버렸다. 브래드는 "뭐야, 씨발"이라고 혼자서 말했다. 브래드는 다시 한번 전화를 걸어봤다. 이번에는 아예 아무도 전화를 받지 않았다. 브래드는 짜증이 나기 시작했다. 브래드는 자기 머리를 손으로 긁으며, "씨발 진짜 좆같네"라고 혼자서 말했다. 브래드는 그 전화번호로 전화 거는 것을 포기하고, 침대에 드러누워서 잤다. 아침이 되었고, 브래드는 침대에서 일어났다. 브래드는 자기가 자기 핸드폰을 놓았던 자리고 가봤다. 거기에는 자기 핸드폰이 없었다. 브래드는 "뭐야, 씨발"이라고 말했다. 브래드가 뒤를 돌아보니, 자기 핸드폰은 다른 곳에 올려져 있었다. 브래드는 자기 핸드폰을 집어 들더니, 통화기록을 확인해 봤다. 어젯밤에 봤던 그 모르는 번호는 없었다. 누군가 그 번호를 삭제한 것 같았다. 브래드는 당황스러웠다. 자기는 어제 분명히 문을 닫고 잤기 때문에 누군가 집에 들어올 일은 없었다. 브래드는 "씨발, 이거 진짜 이상하네!"라고 혼자서 말했다. 브래드는 자기 집을 뒤지기 시작했다. 뒤지다 보면, 뭐라도 나오겠지 라고 생각했다. 서랍을 열어 봤는데, 서랍 안에는 흰 종이가 있었고, 그 흰 종이 위에는 어느 주소가 적혀 있었다. 브래드는 그 흰 종이를 집어 들고, 일단 집 밖으로 나왔다. 그는 택시를 잡은 뒤, 택시를 타고, 택시기사에게 그 주소대로 가 달라고 말했다. 택시 기사는 그 주소로 데려다 주었다. 도착지에 택시가 멈추었고, 브래드는 택시에서 내렸다. 브래드가 택시에서 내리기 일보직전에, 택시기사는 브래드를 쳐다보더니, "좋은 치료 받으세요."라고 말하고는, 자기 얼굴에는 기이한 미소를 지었다. 택시기사는 흑인이었고, 목소리가 굉장히 특이했다.

브래드는 택시 밖으로 나와서, 자기 앞에 있는 건물을 빤히 쳐다봤다. 브래드는 건물 안으로 들어갔고, 건물 안에는 사람이 한 명도 없었다. 엘리베이터가 보이길래, 그는 엘리베이터를 탔다. 2층은 성형외과였고, 3층은 헬스장이었고, 4층은 요가학원이었다. 그리고 나서 아무런 층도 없다가, 맨 위에 100층이 하나 있었다. 브래드는 100층을 한번 눌러봤다. 엘리베이터는 문이 닫혔고, 위로 올라갔다. 결국 100층에 도착했고, 문이 열렸다. 그는 100층에서 내렸다. 100층은 병원이었고, 병원 안에는 간호사들과 의사들이 있었다. 한 의사가 브래드에게 다가오더니, "예약하셨나요?" 라고 물었다. 브래드는 "아니오"라고 의사에게 대답했다. 그 의사는 브래드에게, "저를 좀 따라오시죠" 라고 말했다. 브래드는 의사를 따라갔다. 그 의사는 브래드를 어떤 방으로 안내했다. 그는 브래드에게 방에 있는 의자에 앉으라고 했고, 브래드는 의자에 앉았다. 그 의사는 브래드에게 "잠시만 기다리세요" 라고 말하고는 방을 나갔다. 브래드는 의자에 앉아서 잠시동안 기다렸다. 잠시 뒤 그 의사는 또 다른 의사를 데리고 그 방으로 들어왔다. 그 또 다른 의사는 아까 그 의사를 보더니, "내가 분명히 모든 증거를 없애라고 했잖아." 라고 말했다. 아까 그 의사는 "죄송합니다" 라고 말했다. 그 또 다른 의사는 "미안하네"라고 말했다. 그리고 그 또다른 의사는 자기 주머니에서 권총을 꺼내, 아까 그 의사의 머리를 권총으로 쏴 버렸다. 사방에 피가 튀었고, 그 또 다른 의사의 얼굴에도 피가 튀었다. 그 또 다른 의사는 권총을 테이블 위에 올려놓더니, 세면대로 가서 손을 씻었다. 그리고 그는 브래드에게 다가오더니, 악수하자는 듯이 자기 손을 내밀며, "안녕하세요. 폴입니다." 라고 말했다. 폴은 바닥에 묻어 있는 피를 걸레로 다 닦은 다음, 걸레를 쓰레기 통에 버렸다. 그리고 그는 껌을 꺼내서 씹으며, "우리 병원에 오셨었죠?"라고 브래드에게 물었다. "브래드는 "기억이 안 납니다."라고 말했다. 폴은 "당연히 그러시겠죠. 당신은 이 병원에 치료받으러 왔었어요. 당신은 당신의 과거가 너무 창피하다며, 당신의 과거를 당신의 기억에서 지우고 싶다고 했어요." 라고 폴이 말했다. 폴은 덧붙여서 "제가 이 의사를 죽인 건, 이 의사가 우리 병원의 규칙을 다 따라주지 못했기 때문입니다. 당신의 기억을 지우는 데에는 성공했지만, 당신이 우리 병원에 왔다는 모든 증거는 없애야 하거든요. 하지만 이 병신 같은 의사가 증거를 다 없애지 못했어요. 우리 병원은 비밀리에 활동하고 있고, 오로지 극소수의 사람들만 우리 병원을 알아요. 우리 병원이 공개적으로 밝혀지면 안됩니다." 라고 말했다. 폴은 그 죽은 의사의 시체를 바라보더니, "이 놈은 죽어도 *싸죠 씨발*" 이라고 말하며, 폴은 싸이코처럼 낄낄 웃어 댔다. 폴은 계속해서 말했다. "어쨌든 당신은 이 병원에 왔었어요. 당신은 당신의 기억을 반 정도 지우는 치료를 받았고, 그랬기 때문에, 당신은 당신의 과거를 기억하지 못하는 겁니다." 라고 말했다. 브래드는 "제가 제 과거를 창피해 했나요?" 라고 물었다. 폴은 "당신은 그랬어요. 당신은 당신의 과거를 창피해 했어요. 그 과거가 무엇인지는 병원 규정상 알려드릴 수 없습니다." 이어서 폴이 "그리고 당신이 구체적으로 어떤 치료를 받았는지도 병원에서는 규정상 알려드릴 수 없습니다."라고 말했다. 브래드는 "이 병원은 왜 이렇게 비밀이 많아요, 씨발" 이라고 말했다. 폴은 "저도 압니다. 아주 그냥 좆같죠. 하지만, 우리 병원이 일은 잘 합니다." 라고 말했다. 브래드는 "그렇다면, 이 병원의 이름은 뭡니까?"라고 물었다. 폴은 여전히 얼굴에 피가 묻어 있는 채로, "우리 병원의 이름은 '이름없는 병원' 입니다. 당신도 우리 병원에서 치료를 받았고요. 우리 병원의 치료는 마음에 들었습니까?"라고 말했다. 그리고 폴은 자기 얼굴에 미소를 지었다.

미스터리의 미남들

발행일 2022년 10월 18일

지은이 | 김현수
펴낸이 | 마형민
편 집 | 신건희
펴낸곳 | (주)페스트북
주 소 | 경기도 안양시 안양판교로 20
홈페이지 | festbook.co.kr

ISBN 979-11-6929-114-9 03810
값 9,500원

* (주)페스트북은 '작가중심주의'를 고수합니다. 누구나 인생의 새로운 챕터를 쓰도록 돕습니다. Creative@festbook.co.kr로 자신만의 목소리를 보내주세요.